. Schinkoch

Die Dorfkirmse, oder die Politik der Bauern.

Eine komische Oper in 4 Aufzügen

. Schinkoch

Die Dorfkirmse, oder die Politik der Bauern.
Eine komische Oper in 4 Aufzügen

ISBN/EAN: 9783741170546

Hergestellt in Europa, USA, Kanada, Australien, Japan

Cover: Foto ©Andreas Hilbeck / pixelio.de

Manufactured and distributed by brebook publishing software
(www.brebook.com)

. Schinkoch

Die Dorfkirmse, oder die Politik der Bauern.

Die Dorfkirmse,

oder

die Politik der Bauern.

Eine

komische Oper

in

vier Aufzügen.

Et te Bacche vocant per carmina laeta, ...,
VIRGIL.

1775.

Spielende Personen.

Märten, ein halbgelehrter Dorfschulze.

Anna, dessen Frau.

Friede, dessen Sohn.

Käthchen, dessen Tochter.

Velten,
Hans Christel, } zween Schöppen.

Bastian,
Conrad, } zween Aeltesten.

Gergebernt, der Schenckwirth.

Annliese, dessen Frau.

Pflaster, ein Dorfbalbier.

Nickel, ein Kirmsebursche, und erster
    Platzmeister.

Töffel,, zweyter Platzmeister.

Haase, ein Jäger.

Steffen, ein Flußrschütze.

Melcher, ein Schulze aus einem angrän-
    zenden Gebiete.

Ursel, dessen Tochter: und Friedens
    Braut.

Ein Hauptmann, und zwey Mann vom
    Landregiment mit Gewehr.

Ein Wilddieb.

Hammer, ein alter Schuhmacher.

Michel, } zween Kirmsebursche: und noch
Caspar, }   andere Bursche, Mädchen
    und Bauern.

Denen

Hochwohlgebohrnen, Hochedelgebohr-
nen und Hochweisen Herren,

Herren

Recensenten,

Sr. Königlichen Majestät auf dem

Parnaß und aller neun Musen

Hochbestalten Ober-Aufsehern und Be-

fehlshabern der Aesthetik, und sämt-

lichen Schriftsteller

Erb Lehn und Gerichts Herren auf

alle öffentliche Schriften

Meinen allerseits gnädigen und gestrengen

Herren.

Hochwohlgebohrne Herren,

Hochgebietende Herren Ober-kunstrichter,

Gnädige und gestrenge Herren!

Da Sie vermöge Ihres Titels Hochbestalte Oberaufseher und Befehlshaber der sämtlichen Schrift-steller :c. sind: die Liebesbriefe, und Gerichtsprotocolle ausgenommen; so sehe ich auch nach der gründlich-

sten

sten Vernunftlehre betrachtet, kein
Loch in unserer besten Welt, wo meine Schrift durchwandern, und Dero tiefsehenden Richteraugen ent-
schlüpfen sollte. — Wahrhaftig ein
Umstand der mich beynahe um meine Autorschaft gebracht hätte! —

Ein eousisches Unternehmen! sagen Sie: und Sie Hochwohlgebohrne Herren haben nicht gar
zu Unrecht; aber der Autorinstinct
ist in unsern zärtlichem Jahrhunderte, das auch, wie Sie Hochweise
Herren selbst wissen? ein Autorse-
culum genennet werden könnte, fast
zur Seuche geworden. — Wenn erst
ein gewißer Wurm in dem Gehirne
der Autorköpfe wütet, so verachten
sie den Spott der ganzen gesitteten
Welt:

Welt: weder die Asiatischen Tar=
tarn, noch Novazembla, auch die
verschiedenen Secten nicht ausge=
schloßen, — und schreiben: — Ach,
sie schreiben! — Je, ich schwör' es
Ihnen bey dem schönsten Mädchen
einer gewißen Zone! (so pflegen ga=
lante Herren zu schwören!) sie schrei=
ben, tummer will ich eben nicht sa=
gen: schnaakischer Zeug als ich: das
kein Teufel versteht.

Mich machte ein glückliches Ohn=
gefehr zum Autor: und ein glückli=
cher Einfall den einer meiner Freun=
de verursachete, der zufälliger Weise
mich in der kritischsten Stunde mei=
nes Autorlebens besuchte 'brachte
mich, wie Sie dieses alles mit Um=
ständen in dem Vorberichte zu lesen

A 4

geru=

geruhen, auf den, noch nie in einer
Autorseele gebohrnen Gedanken, Ih=
nen, Hochgebietende Herren diese
meine Schrift zu widmen. Wenig=
stens entsinnet sich alle meine Bele=
senheit nicht, iemals dergleichen ge=
lesen zu haben, daß ein Autor noch
den vortreflichen Verstand gehabt,
Sie Hochwohlgebl. Herren mit
einer Dedication zu beehren. —
Und abermals wenigstens! — schei=
net mir der Einfall nicht schlecht,
vielmehr aber besonders, zu seyn:
auch eben so viel Witz zu wiegen,
als die mächtige Einladung zur Teut=
schen Doctorwürde an den Vater
alles Wizes, den Herrn von Vol=
taire. Und noch einmal wenigstens!
— bilde ich mir nicht wenig darauf
ein, daß durch diesen schöpferischen
Wiz,

Wiß, ich mir als ein junger Autor
so viel hohe, und große Patrons zu
machen suche.

Wohlan! also meine Hochgebie-
thende Herren, Ihnen sämmtlich
sey dieses Buch oder Stück, zu welchen ich durch einen besondern Vor-
fall gekommen, und von welchen Sie
ebenfalls in dem original Vorberichte ein mehreres zu lesen geruhen, mit
den tiefsten Verbeugungen, — so
tief, — so tief ich sie nur auf den
Tanz, Fecht, und Voltisirboden;
oder auf der Reitbahne habe machen
gelernt — oder wie es vielmehr einen Dedicanten geziemet, zugeeig-
net.

Ich vermuthe Hochwohlgebohr-

                   ne

ne Herren! daß Sie nach den Ge-
setzen Dero tiefstrahlenden Beurthei-
lungskraft, aus dem, was Sie nunmehro gelesen, mir einige Philolo-
gie und Philosophie zugestehen? Ich
leugn' es auch nicht, daß ich ein Liebhaber von beyden Wissenschaften bin:
und ganz gewiß, dank sey es der Me-
taphysic! so viel, weiß, daß ich weder zum Schmeichler, noch zum —
Doctor — gebohren bin.

Zweifeln Ew. Hochwohl und
Hochedelgebl. aber etwan daß ich,
als ein bloßer Philolog oder Philo-
soph den Zueignungsreverenz nicht
tief genug, und wie es Deroselben
ehrwürdige Nahmen verdienen, machen könnte: — und daß dieses, daß
ich mich nach Regeln zu bücken gelernet

lernet nur Rotomandaten wären: so
kann es von zween der berühmtesten
Academien durch Atteſtate beweiſen
daß ich obiges alles gelernet und begriffen habe; Und wenn Sie durch
Documente bewieſen — noch nicht
glauben wollen! ſo werden Sie meinen Autorwurm in Wut bringen,
daß ich von Reiten, Tanzen, Fech-
ten, und Voltiſiren, und zwar von
ieden eine beſondere gründliche Ab-
handlung ſchreibe, um Sie, und
die ganze Welt von dieſer Wahrheit
zu überführen. Sehen Sie! dadurch kriegen Sie wieder was zu le-
ſen: und wenn Sie das Ding ver-
ſtehen? — auch etwas zu cenſiren,
und machen mich durch Dero Un-
glauben abermal zum Autor. —
Glauben Sie alſo lieber daß ich mich

tief

tief genug zu verneigen gelernt, damit die Welt nicht ohne Noth mit
Schriften beschwert — noch gar aus
dem Gleichgewichte kommen mögte. —

Ich könnte Hochgebietende Herren! noch weit mehr Beweißgründe
herbey langen: und unter andern
auch eine gewiße lateinische Anecdote
anführen, die mich insbesondere bewegte, bey Erlernung der schönen
Wissenschaften auch, um in der
Welt fortzukommen, eine gründliche
Kenntniß von galanten Wissenschaften zu erlangen; man muß aber
mehr denken als sagen! — Im völ-
ligen Zutrauen auf Deroselben
gründliche Einsichten, halte das
Vorhergehende schon für hinreichend
Ew.

Ew. Hochwohlgebl. und Hoch=
edelgebl. von meiner artigen Höf=
lichkeit überzeugt zu haben. — Was
für eine Anecdote? Je, ich will sie
nur herschreiben! wenn Sie sie doch
wißen wollen: es ist keine Heimlich=
keit! — Sie wißen sie auch; hier
ist sie! — Purus putus Philologus,
est putus putus asinus. — Nicht
wahr Sie wißen sie schon?

Erlauben Sie also nunmehro
Hochgebietende Herren Ober=
kunstrichter, daß ich Ihnen, in be=
schriebener schuldigen Höflichkeit ein
Werk oder Stück zueignene, von dem
ich selber nicht weiß, ob es eine Mas=
querie, oder Satyre, oder aber sonst
etwas auf die ganze körperliche
Welt, — die Geister vorbehalten —
seyn

seyn soll? Sie werden es nach Ih=
ter Weißheitskunst beßer als ich wiß=
sen! So viel weiß ich, daß es vie=
le, und Hochweise Beschützer brau=
chet. — Setzen Sie sich einmal über
die Critic hinnaus: und nehmen
Sie den Indifferentismum, der
doch fast durchgängig Mode wird,
an: und laßen Sie, ich bitte ängst=
lich darum! auch einmal einen
schlechten Autor durchwischen, der
in dem Vergnügen der Schriftstel=
ler, wie ein Anderer von wohl noch
weniger Kopfe, in der Ehre schön
zu lügen — in Farospiel, oder in
eine Garnitur Alongenperücken,
ganz extasiert ist. — Oder wenn Sie
nicht gebeten seyn wollen? — so
beschwöre ich Sie bey dem galänten
Fluche! — Mehr kann ich nicht
thun!

thun! denn Geld darf man Ihnen
gar nicht bieten: — da sollte man
vollends ankommen! — Stylo cu-
rialiter rescribiert, habe ich wohl gelesen: — Nachdem die vorgewalte-
ten Bedenklichkeiten — nunmehro
removiert, als ist ihm das zeithero
abgeschlagene Gesuch aus bewegenden Ursachen — zugestanden worden
Ihr habt daher ꝛc. — Bey Ihnen
aber Hochgebietende Herren siehet es mit der Bestecherey ganz anders aus! — Sie sind frey genug,
und machen es öffentlich bekannt,
wenn ein armer Autor seinen zu
hoffenden Verdienst aus guten Herzen mit Ihnen theilen will: — man
hat an einem gewißen armen Teufel sein blaues Wunder gesehen! —
Zwar mit mir hat es eine andere
Bedeu-

Bedeutung! ich schreibe eben nicht
um Brodt: ich habe zu leben! und
wende, darauf können Sie sich verlaßen! keinen Heller dran, um gelobet zu werden; wer es nicht so
thun will, der — hat seinen frey-
en Willen.

Ein gutes Wort Hochgebietende Herren! geb' ich Ihnen zwar:
und will es Ihnen noch dreymal
geben daß Sie mir durch die Finger sehen; aber ich weiß schon! —
Je nu! wenn nichts fruchten will,
so bin ich auch capricieur — so capricieur — oder von aller Bizarre-
rie auf dem ganzen Erdboden und
in der Philosophie — zusammenge-
sezt. Ich sag' Ihnen frey: ich laße
das Stück drucken, Sie mögen es

loben

loben oder verachten; und wenn es
nicht abgehen solte (welches ich doch
nicht hoffe) so laß' es Ballenweise
drucken, und gehe (es ist weder
Spaß noch Pralerey) selbst auf die
Meße, und handele en gros damit.
— Sehen Sie meine Hochgebietende Herren den Operationsplan!
und wie ich mir bey widrigen Schick-
saalen zu helffen weiß? — Ich werde troz Ihrer Ungunst! — dennoch
kein misantropischer Grillenfänger:
— Phantaste: — Grübler: — noch
der Ritter von der traurigen Gestalt
seyn; — Si fueris Romae, Romano
vivito more! — Noch einmal meine Hochgebietende Herrn! beehren Sie, ich bitte, weil Sie doch
einmal die Matadors dieser Sache
sind, zum dritten und letztenmal, das

B   Buch

Buch mit einer gütigen Aufnahme;
oder laßen Sie es wenigstens unge-
hechelt zur Welt hineinfallen! —
Sie finden ja so Wezsteine genug
Ihren Wiz zu schärffen! — Das ist
deutlicher, und nicht mit einem so
weiten Umfange wie die frisirten Köpfe unserer Schönen, gesagt: Sie
haben ja so genug zu censiren; —
und wenn es der Prophezeiung eines
der gelehrtesten Jesuiten, die bey ihrer großen Demigration — dennoch
der Welt mit prophetischen Träume-
reyen nützlich seyn wollen, eintref-
fen wird: so soll, wenn die 3 criti-
schen 7. erst aus der Jahrzahl sind,
— weder Junge noch Mädchen gebohren werden die nicht wenigstens
ein Buch drucken laßen; da wird es
erst Autores und Autricen geben! —

da

da mögt' ich es erst sehen! — Was werden Sie oder Ihre Nachkommen da nicht — zu lesen, und zu richten haben? — Kraft dieser, und vieler nicht angeführten Gründe, wo von unter letztern noch eine ist, daß Sie doch nicht gewiß wißen ob ich nicht Ihrem Orden zugethan, und die Welt noch zu — vergnügen willens bin: Censor censorem non censet — oder, eine Krähe beißet der andern kein Auge aus, versehe ich mich zu Deroselben artigen Gefälligkeitsliebe, die Sie vielen Schriftstellern wiederfahren laßen, — daß Sie mich weder loben, rühmen, erheben, — noch tadeln, spotten, verachten, — oder vom Parnaß herunter stürzen: — denn! o wie leichte könnten Sie mir dadurch den Hals brechen, das wäre doch auch kein Spaß! —

B 2

Ich

Ich werde dagegen nicht allein in
der Ihnen versicherten galanten Höflichkeit, sondern auch mit ganz aus-
nehmenden Vergnügen zu allen Dero hohen Befehlen, nur befehlen
Sie mir, wenn es möglich ist nicht,
eine Peruque zu tragen, bereit bis
in mein Grab beharren

Hochwohlgebohrne Herren
Oberkunstrichter,
Ew. Gnaden

Geschrieben in den
schönsten Tagen des
Herbstes 1774

unterthäniger Dr.
der Verfaßer.

Vor=

Vorbericht.
Meine Herren!

— Und zwar! meine Herren in der gelehrten Welt: — meine gelehrten, oder publicke Herren! — Dieses sind die Herren im eigentlichen Verstande: — oder, die ich Herren nenne, — und mit welchen ich hier rede: — oder zu thun habe. — Denn weder mit den süßen Herren, —

oder

oder mit den galanten Herren, — wie
ich selbst einer bin, — oder mit den
sciolusierten Herren — noch mit den
Herren die sich Herren dünken — hab'
ich was zu ▬▬en. — Auch nicht mit
den Herren, die sich ihre Praedicate
selbst geben? —. Ja, ja!! Ja ja!!
mit diesen vollends; — wer wolte die
alle kennen die sich gerne Herren —
und große Herren nennen laßen? — da
müste man eine Kenntniß haben von
weiterem Umfange wie Wolff, — und —
einen Kopf, — größer — noch größer —
als — "Schon wieder einen Strich?
"Das wird gut werden! der Kerl fängt
"mit Strichen an, und hat fast bey iedem
"Worte einen Strich?" Haben Sie
Gedult meine Herren! — "Hier wie-
"der einen Strich!" Ich habe viel mit
Ihnen zu reden; — "Je, da wieder
"einen!

"einen!" Um des Himmelswillen meine Herren! — unterbrechen Sie mich
nicht so — mit Ihren ungedultigen
Zwischenreden, — Sie machen mich
verwirrt, — und — verderben mir
den Kram — eh' ich auslege; — Sie
sollen alles — erfahren! bleiben Sie
mir nur drey Schritte — mit Ihrer
loquacitätischen Collocution — vom
Leibe, — wenn Sie nicht — anstatt
der Gedanken — lauter — Striche —
wollen. — Hier ist nun wohl vermöge
der Regeln von Strich' machen — ein
schöner Strich — nicht unrecht? —
und, — um wieder — in Connexion,
— oder in den Text zu kommen — ist
— hier — ein Strich — kraft der —
Philosophie, ein — Ens — absolu-
te — necessarium. — Ο'περ έδει δεῖ-
ξαι. — "Aber der Teufel mit allen Au-

B 4

tor-

"torſtrichen! Strich, auf Strich: das
"iſt doch auch übertrieben! Warum
"denn nicht noch gar bey jedem Buch-
"ſtab einen Strich? Der Autor iſt ein
"Narr, oder hält uns für Narren"?
Sie ſchließen verzweifelt meine ſcharf-
ſinnige Herren! — und Sie haben faſt
recht: — tertium non datur! — eins
oder das andere: — oder wohl bey-
des zugleich! — Es hat mir mit den
verdammten Strichen eben ſo gegangen.
Anfangs wenn ich las, und ich leſe gerne: war es nicht anders als wär' ich,
wie in der Magie — mit lauter Hexe-
reh, oder magiſchen Charactern unter-
halten: — denn ich verſtund kein Wort
von den Strichen. — Ich hab' aber,
Dank ſey es nicht der Magie — ſon-
dern der Philoſophie; — die mich auf
Academien nebſt den galanten Studiis
an

am meisten amusiert, und darinnen ich's
ohne Ruhm zu sagen — weit gebracht:
(denn weder mit den Herren Homileten,
noch mit den Priestern der Themis,
noch mit den Herren Hippograten, doch
die Mathematicer noch ausgenommen!
— konnt' ich mir was zuthun machen)
Ich hab' aber die Denealogie der Striche — ihren Nuzen, und den Grund
ihres Daseyns nunmehro entdecket. —
Ja, ja, ich! sag' ich Ihnen nochmals:
habe diese Entdeckung, vermöge den
wizigen Gründen der goldenen Welt-
weißheit selbst gemacht; — wenn Sie
mir versprechen daß Sie mich nicht wieder unterbrechen, und keinen Lärm, wie
von Anfange wieder blasen wollen? so
will ich, ehe ich weiter mit Ihnen rede,
die Strichhistorie erzählen: — Sie
werden die Hände über den Köpfen zusammen schlagen: ich habe es auch ge-
B 5. thau!

than! — Sie versprechen mirs? —
Wenn ich mich nur auf Ihr Wort bes=
ser verlaßen kann, als der Großvezier
auf die Türkische Armee? — Ja! Sie
wollen stille seyn? Nu gut! so hören
Sie. — Es war einmal eine Epoque,
da hörte man — von nichts — als von
— neu edirten wizigen Schriften: —
von Sinn — und lyrischen Gedichten,
von Satyren, von prosaisch, heroisch=
komischen — von dramatischen Stü=
cken: und von neu entstandenen Auto=
ren; — daß es kein Wunder gewesen
man wäre nur von Hörensagen zum
— Autor geworden. Ich ließ, weil
ich, wie Ihnen schon bekannt ist, ein
Philosophe bin — einige von denen=
jenigen Stücken die den meisten Lärm
in der gelehrten Welt machten, kom=
men: ich fand aber — ich sag' es im
Tone des Mitleidens! — außer eini=
gen

gen Strichen, — und sehr einzeln komischen Ausdrücken — nur Lapalien,
und Tändeleyen; — deren Quinteßenz
das lauschende Ohr eines ieden Bider-
manns mehr beleidiget, als die, in der
Athmosphäre des Jahrmarkts zerflat-
ternde unglücklichen Bon mots des
Harlekins, eines betrügerischen Zahn-
arztes. — Ich kennte noch dazu verschiedene von den berühmten Schriftstellern persönlich; und mit ihnen, ihre
Stücke: — daher schüttelte ich den
Kopf im Lesen — ziemlich; und ärger-
te mich, als ich fertig war über die Autorschaft auf eine frappante Art; doch
sie waren es einmal — und ich war
kein Kunstrichter. — Ohne mein
Bewußtseyn keimte, ob es von den
vielen Hören, oder Lesen enstan-
den? — hab' ich so genau noch
nicht untersuchet! Ein verzweifelter
Trieb

Trieb zu ganzen Schwaben Einfällen in meinen Kräften. Einsmalen als meine Seele fast eine Stunde ganze Ströme von zusammenhangenden, nicht gar zu unwizigen Säzen ausschüttete: brächte mich, ein, meinem Einsehen nach, bis zur Verwegenheit sinnreicher Einfall, in meiner Einsamkeit zum lauten Lachen: mit diesem zum Bewustwerden! Ich schämte mich anfangs, und sahe mich ganz epouvanté um: ohnerachtet ich von Natur nicht gar zu furchtsam bin, ob es auch jemand gesehen oder gehöret, denn ich wuste nicht gewiß ob ich nicht etwa gar Grimaßen dazu geschnitten hatte; als ich mich aber alleine merkte, reprochirte mich die Klugheit mit diesen Worten: Du! werde nur über dein Denken nicht gar noch zum Autor, oder zum Narren. — Ich nahm mich dar-

auf

auf beßer zusammen, und wunderte
mich über die gehobten Einfälle. Ich
konnte mich der Sache nicht gänzlich
entschlagen, wenigstens konnt' ich nicht
so gleichgültig seyn wie ein Advocate,
der einen Proceß verlohren hat; —
Und izt bemerkte ich mehr als jemals
den Autorinstinct — in mir. Hm!
dachte ich: ein Hexenwerk muß es eben
nicht seyn etwas zu schreiben! und es
schadet das Beyspiel noch nicht, daß
Docter Faust — ein Autor gewesen.
Ich prüffte mit dem gänzlichen Vorsaze
ein Autor zu werden (sehen Sie meine
Herren wie aufrichtig ich in meiner Erzählung fort gehe) die Kräfte meines
Gehirns, — denn an die Seele dacht'
ich nicht! — Ich überließ mich dem
ungezähmt gleichgültigen Schicksaale,
wie sich die mehresten Mädchen den ersten, den besten Amanten überlaßen: —

oder

oder wie mehrentheils die Bauern der
Barmherzigkeit Gottes, und einem ge=
strengen Amtmann, umringt mit etli=
chen Advocaten überlaßen werden. —
Ich blätterte die Fächer meines Kopfs
durch: und siehe da! ich fand — o!
ich fand zu meinem großen Erstaunen
— nichts — als Strichelchen. —
Hier schlug ich die Hände über dem Ko=
pfe zusammen: thun Sie es auch mei=
ne Herren! und rief überlaut: der Teu=
fel und seine Großmutter muß die Stri=
che erdacht haben? — gar im Kopfe
Striche! — Weil ich ein Philosophe
seyn wollte — so blätterte ich, ohn'
aus der Faßung zu kommen noch fort;
und da fand ich zu meinem Troste, in
dem Fache der Philosophie und Saty=
re doch nicht alles Strich — aber doch
mit vielen Creuz und Querstrichen —
wie die schönsten magischen Character
— uns

— untermengt, daß ich nichts gescheis
des zusammen bringen konnte. — Je,
wenn auch noch gar Creuzstriche in
Schriften Mode werden sollten — dacht'
ich ganz verdrießlich: da kann man das
lesen vollends satt kriegen! — Vest
entschlossen meinen Autortrieb bey dem
galanten Schwure — in die ewige
Vergeßenheit zu vergraben, erblickte
ich gleichsam wie in einem Spiegel,
oder in einer perspectivischen Entfer-
nung, noch ganz in der Ecke eine artige
Kapsel, nicht ungleich der, welche Pabst
Clemens der XIVte seinem Nachfolger
Pius den VIten hinterlaßen, mit der
Aufschrift: Autor Wurm. — Im
Wunder über diesen besondern Anblick
wie die berühmten Siebenschläffer —
fast zerfloßen, ward ich auf einmal wieder ganz Autor: Begierig fieng ich an
den

den Wurm zu enthüllen, er kam mir
aber noch zu jung, und unzeitig für un=
ser Jahrhundert vor — daß ich nicht
ohne Grund vermuthete, er mögt' un=
sere izige Luft noch nicht vertragen kön=
nen; — um ihn nur nicht zu frühzei=
tig ums Leben zu bringen, und dadurch
einen Autormord zu begehen — so ließ
ich ihn ungestöhrt in seiner Hülle mit
der Hofnung: was nicht ist, kann noch
werden! — Erfreuet einen Autorwurm
erblickt zu haben, gieng meine Philo=
sophie, von der ich sehr zufrieden bin,
weil ich dadurch begreifen gelernt daß
es Hexen und Gespenster giebt, —
und die Möglichkeit eingesehen, wie
die Jesuiten diese Art Geister demüthi=
gen, und bannen können, — nur noch
den Strichen zu Halse. Nil sine ra-
tione sufficiente! dieses ist philoso=
phirte

phirte ich frisch weg, ein unumstößli-
cher Saz auf, und unter dem ganzen
vernünftigen Erdballe: die Striche müßen auch ihren zureichenden Grund haben. — Ich anatomirte sie weiter;
was eine Ausdehnung in die Länge,
Breite und Dicke hat, das hat auch
ein Vermögen einen leeren Raum aus-
zufüllen — Atqui, Ergo. — Bey
meiner Seele! schrie ich an meinem
Pulte, mit empor gerichteter Nase, und
erfinderischer Miñe: die Striche beweisen ganz klar, den sonst streitbaren Saz:
non datur vacuum; — Nun begreif
ich gar leichte den Grund ihres Daseyns im Kopfe! — sie füllen den leeren Raum, wo das Gehirne geschmöl-
zen, — oder, den nach Sage der Fa-
bel, vermöge einer mächtigen Feuchtig-
keit, die sie von gewißen Schlangen
geno-

genoßen, das Gehirne durch die Nase gegangen, Kraft des nunmehro unwiderfprechlichen Sazes non datur vacuum, aus. — Und fonder Zweifel! (nicht allegorifch, nicht amphibolifch von der Sache gefprochen: wer es dafür halten will, kann es gleichwohl thun) haben die Autores auch Fleckerweife Striche an Statt des Gehirns im Kopfe, da man in ihren Schriften auch öfters Striche, statt der Gedanken findet. — Hab' ich recht philofophirt meine Herren? da fehen Sie daß ich ein Philofophe bin! — und daß ich mein Wort redlich gehalten Ihnen eine Kenntniß von den verdammten Strichen beyzubringen. — Sie werden mir nur nicht übel nehmen daß die Historie etwas zu weitläuftig gerathen: oder wenn Sie es übel nehmen, fo werden Sie

Sie mir doch erlauben daß ich mir nichts daraus mache, denn ich bin ein Autor! — Wenn Sie was dagegen einzuwenden haben, so thun Sie es bey Zeiten — izt dürfen Sie reden: nur heraus mit der Sprache! Sie sagen nichts? — Ha, kann man Ihnen das Maul so stopfen? Recht gut! Sie wißen zu leben. — Ich danke Ihnen allerseits daß Sie so ruhig zugehört haben: so ist es artig! — was hilft es auch daß man über jede Sache die man nicht begreifen kann, oder sie zu begreifen zu tumm ist, — gleich Lärm zur Welt hinnein bläset? man ändert damit nichts ab — und das öffentliche lärmen ist niederträchtig und pöbelhaft: die Welt wird zu sein — sie wird dadurch nicht gebessert wohl aber vergnüget. — Die Galanterie gehet

izo bis auf den Schuhflicker, und Holz-
spalter; das rauhe wilde Wesen wird
aus unsern zärtlichen Jahrhunderte auf
ewig verbannet; So gar die neuen
Werke unserer allerseits wizigen Schriftsteller, auch die Schmähschriften der
Gelehrten nicht ausgenommen, — sind
so zärtlich, so sanfte, und so reine wie
unser Frauenzimmer: — aller die Ohren beleidigende Klang ist auf unwie-
derruflich, zur nie lichten Finsterniß
verwiesen; und vielleichte kommt einer!
(doch dieses wird schwer halten:) noch,
von denen nach Anno 1777. gebohrnen
Schriftstellern auf den Heroischen Einfall, eine Reformation in den Schpöpen-
stühlen, und weltlichen Gerichten durch-
zusezen: — solte er auch sein Dinten-
faß daran wagen müßen! — so ist die
ganze Litteratur galant. — Ich rathe
Ihnen

Ihnen also meine Herren! lesen Sie in Zukunft ruhig, und ärgern Sie, ich bitte auch für meine Kameraden — keinen Autor wieder, es mag Ihnen auch so tumm vorkommen als es nur will: — und Sie mögen es verstehen oder nicht — haben Sie nur Gedult! die alles abändernde Zeit — wird es gewiß entdecken ob Sie, oder die Schriftsteller — Köpfe gehabt. Hier sollte, um die Sache recht deutlich zu machen eigentlich kein Strich seyn: aber die Feder gleitete mir aus, und da ers einmal war, dacht ich auch: so bleib Strich! — Ein Autor meine Herren! der sich einmal vorgenommen hat zu schreiben, und den der Wurm, von welchen Sie nun wißen mehr ängstiget wie mancher böse Schuldmann einen Juncker, — der schreibet unun_

_ter

terbrochen fort, als wie ein junger Can
didat immer in einem Tone prediget,
und Sie meine Herren! Sie! — müs
sen nur lesen. Das Genus so ich ge
wählt mit Ihnen zu reden ist das ge
lindeste: wenn Sie mir aber künftig
über eine iede Kleinigkeit loßschreien,
und mir die Arbeit zu sauer machen
wollen, so werde ich meinen Plan än
dern, und ex modo imperativo mit
Ihnen sprechen: oder wenigstens wie
in unglücklich angebrachten Appelliren
geschiehet, Dero lärmen nicht attendi
ren. — Ich bin nun einmal Autor,
mir gebühret zu schreiben, und in Er
mangelung der Gedanken Striche zu
machen; — Für das Uebrige laßen
Sie die Herren Recensenten sorgen:
welche auch Herren sind die unter mei
nen Titel gehören, und noch dazu ei
ne

ne Art gefährliche Herren; Diese wer=
den Lärm genug blasen daß einen die
Haare empor stehen mögten wenn es
nicht recht ist. — Und da diese Her=
ren eingebildete Befehlshaber des ho=
hen allezeit besondern Parnaßus seyn
wollen: so können sie einen Autor die
Hölle heiß genug machen, und ihm
Tod und Leben, Spott und Ehre —
nach ihrer verzweifelten Caprice verhen=
gen: — denn dortherum wohnen die
Parcen, die langöhrigten braunen
Kerls, und die Gratien. Ich habe
nun wohl diese Herren eben nicht zu
fürchten! — ich denke sie so ziemlich
durch eine schmeichelhafte Dedication
— abgefertiget, und durch Gründe in
Barbara das Maul gestopft zu haben.
— Wie ich noch zum Autor geworden?
Schon eine Frage! — Je das ist ja

C 4 eben

eben ein Propos! oder warum ich in
diesem Vorberichte zu Ihnen rede meine Herren? Aber doch gut daß Sie
mich erinnern: ich hätt' es mein Treue
vergeßen! — lauter Desordre durch
Ihr diatribisches Plaudern; — wo
kann ein Autor nicht hingerathen, wenn
er ins Feuer gesezet wird? — Bin
ich doch ganz von meiner Historie ab-
gekommen! Sie wird Ihnen meine
Herren wie ich vermuthe noch beßer
als die Erste gefallen! — Immittelst
aber und ob, (dieses klingt fast zu Ad-
vocatisch? — doch es stehet einmal!)
— ich Ihnen Ihr wildes Geschrey
schon so lächerlich als möglich gemacht,
— wird es wahrscheinlicher Weise so
ganz stille doch nicht abgehen; — Sie
werden mirs aber zu Gnaden halten —
(vielleicht lesen mich auch gnädige Herren)

ren) — wenn ich Sie Jauchzen laße
wie die Kirmsepursche, und wenn mirs
nicht gelegen ist, — das ist! wenn ich
den Kopf voll habe — gar nicht darauf antworte: Sie mögten mich sonst
gar aus dem Concepte, und auf Holz-
wege führen. — Prenez garde, meine Herren! — Ein schöner Herbstmor-
gen war einmal: (es wird doch nichts
zu bedeuten haben, wenn ich in etwas
von dem Historchen Styl abgehe, und
nicht mit Es war einmal anfange?)
als ich eins meiner geschicktesten Pferde von allen die ich damals unterwieß
um ihm eine Rast zwischen den beschwerlichen Schulen zu geben, ins Feld ritt.
Das Pferd war in allen Schulen auf
der Erde vollkommen: es avancirte,
es retirirte, und wechselte auf den ge-
ringsten festern Tritt in Bügel, mit

C 5   der

der schönsten Cadence, recht Tactmäß=
sig: und die Parade macht es mit dem
grösten Anstande auf der Stelle.   Ver=
geben Sie mir meine Herren! wenn
ich einigen die das Reiten nicht gelernt,
zu Handwerks oder Kunstmäßig, und
also zu unverständlich rede; es ist so
Handwercksgebrauch bey uns: — denn
ich bin ein Bereuter; wenn Sies nicht
glauben wollen, so lesen Sie die hier
vorstehende Dedication. — Der Kürze
wegen kann ich mich nicht deutlicher er=
klären, Sie müßen Ihre Zuflucht zu
den gedruckten größern Werken von
der Reitkunst nehmen; ob Sie aber
daraus klüger als aus meiner Erklä=
rung werden, dafür kann ich Ihnen
nicht gut seyn! — Ich bin froh, und
recht froh! daß ichs begriffen habe: es
ist eine verzweifelte Wißenschaft! —

Mit

Mit einem Worte: mein Pferd war
eins der wohlgezogensten Campagnepfer-
de; das auch ein Fräulein hätte reiten
können. Eine einzige Ungezogenheit —
wenigstens von Mannspersonen würde
mans so nennen — die konnt' ich ihm
noch nicht gänzlich aus dem Kopfe bringen, und diese veranlassete mich auch,
selbiges öfterer als man sonst zu thun
pfleget, ins Feld zu reiten — Es war
scheu; und zwar vor nichts in der Welt
als vor dem Frauenzimmer. Ob es von
der hohen Aigrette auf dem Kopfe, oder
von dem flatternden bunten Anzuge entstanden? — habe ich nicht recht aus-
findig machen können! Ich ritt, weil ich
mich auf sein Maul, und übrige Thä-
tigkeit gewiß verlaßen konnte immer
gerne an einer Precipice: um wenn
der Fall vorkommen sollte, es nicht zur

Seite

Seite springen, und ausreißen mögte.
Nu gut! ich ritt' also damals auch an
einer ziemlich beträchtlichen Höhle: der
Fall eräugnete sich! es kam eine solche
nurgedachte elektrisier Maschine auf einem Fußwege gegen die rechte Seite
nach mir zu; und die Höhle an deren
Ende ich beynahe schon gekommen, war
mir links.   Was hatte mein Pferd zu
thun? es erblickte nicht so bald seinen
Feind, als es mit einem barbarischen
Seitensprunge gerade zur Precipice
hinunter sezte; ich konnte nicht so bald
an den Fall denken, als ich, so war
ich an meinem Bart greife! mit samt
dem Pferde auf Adlersflügeln, der alda
sein Frühstück von einem verunglückten
Fuhrmannsgaule einzunehmen eben gegenwärtig war, immer höher und höher getragen wurde. — Ich wust' in

der

der Geschwindigkeit nicht wo ich Ge=
genwart des Geistes genung hernehmen
sollte, das Ende dieser Wundergeschich=
te abzuwarten! — Mein Pferd stand
auf den freylich ziemlich ausgebreiteten
Flügeln wie eine Mauer: und ich ritt'
ohne Zügel, die ich für Freuden oder
für Schrecken fahren gelaßen, fest, doch
glücklicher wie Helle übers Meer, und
empfand a priori den gräßlichen Dich=
terschwung: auf den Flügeln des Vo=
gels des Zevs getragen werden. —
Weiter muß ich Ihnen meine Herren
von meiner Gegenwart des Geistes, die
auf dieser Luftreise durch den höhern
Flug immer stärcker wurde, noch eine
Anekdote anführen, oder rühmen, daß
ich, und können Sie sichs wohl vorstel=
len? laut zu lachen bewegt wurde: weil
mir, da ich einen einzigen Blick von

dies

dieſer Höhe auf die Erde zurücke that,
mein Göttingiſcher drollichter Sprach-
meiſter einfiel, welcher mir mit beſon-
dern Sprachmeiſters Grimaßen die
Phraſis: etre ſur le bord du precipice — recht lebhaft malen und erklä-
ren wollte.   Das wär' eine Verwegenheit geweſen alda zu lachen? O nein,
meine Herren! hier war weiter keine
Vermuthung übrig, als mit ſamt dem
Pferde, alleine wagte ich mich vollends
nicht herunter — Hals und Beine zu
brechen; Warum ſollt' ich betrübt ſeyn?
denn hier könnte man nicht wehlen. —
Ich drückte darauf beyde Augen feſt zu,
ſezte dem Pferde beyde Sporen jedoch
ganz regelmäßig in die Seiten; und
wollte nicht höher ſteigen, — weil, wie
mehrentheils, je höher man ſteigt — je
tiefer man fällt. — Aber! und wie gut

iſt

ist es wenn man was rechtes gelernt hat?
— es war zu meinem Glücke, daß ich
gut Balanciren, und Schließen gelernt;
mein Pferd machte a tempo eine wahr-
hafte, doppelte Courbette, (die auf den
größten Reitschulen selten sind) daß
mir, als es das zweyte mal rebattierte
das Herz im Leibe prallete; — auf
diese Bewegung des Pferds that ich, ob
es aus Furcht oder aus Vorwiz geschehen? — ist mir bis izo noch ein Rä-
zel geblieben — die Augen weit wieder
auf, und vergaß für Vergnügen oder
Erstaunen, wie ein wohlgezogenes Frauenzimmer — das ihr Facit nur auf das
kaum erlernte Filetstricken gerichtet —
begeistert von den saubern trou de fi-
lets — Mahlzeit und alles vergißt,
und den Gaste die Posteriora — lieber,
als ihre angegangene Zähne weiset —

alle

alle Gefahr, als mein Pferd vollkom=
men uniert in der schönsten Parade,
und mich noch auf ihm, zwar auf ei=
nem hohen Berge, aber doch auf Got=
tes Erdboden erblickte. Ich fand die
Gegend überaus anmuthig, aber auch
ganz fremde: nichts als angenehme Lust=
verwandelungen, und labyrinthische Irr=
gänge, und in denselben ganz ausneh=
mende Lagerstellen — die mir einen be=
sondern Reiz erweckten — und die ich
in ganz Teutschland, auch auf den grö=
ßesten Pläzen (ist etwas Kaufmanns
gesprochen) wo die Galanterie als ein
Handwerk getrieben wird — nie gese=
hen, mir auch nie eingefallen war der=
gleichen Stellung iemals en Deux zu=
nehmen, — zeigten sich, so weit das
Auge trug meiner Empfindung: und ich
schloß nicht ohne Grund daß hier wenig=

stens

stens mehr als Menschen wohnen müſ
ſten! Ich ſeufzete einigemal tief — dieſ
ſes verurſachete wohl die beſondere ein
geathemde Luft: — und da nach den
Gründen meines Ordens, für mich hier
nichts zuthun war — ſah' ich mich nur
um wie ich meinen Rückweg am füg
lichſten, und ſicherſten nehmen könnte:
wollt' darauf mein Pferd links um keh
ren, allein es widerſezte ſich zu meiner
gröſten Verwunderung allen Hülfen (iſt
wieder für Unreuter etwas Myſtiſch ge
ſprochen) und gieng troz meinen Sporn
die doch netto 9. Loth Silber wogen,
und noch dazu mit Rädern verſehen, die
ein gewißer Franzöſiſcher Prinz gleich
nach der Roßbacher Bataille erfand —
gerade vorwärts. — ”Der Kerl hat ein
”entſezlich loſes Maul, und iſt doch
”wohl weder Doctor — noch Magiſ

D   ſter?”

"ster?" — O ho, meine Herren! auch
Doctor! — Je, das ist so leichte auch
nicht! — Dacht ichs doch wohl daß
Sie mir auch diesen Vorwurf noch machen würden! — Das große lateinische
weiche D. involviert auch ein Sc. —
"Was Teufel! das heißt nichts anders
"als Scilicet! Ein Doctor wäre also ein
"Scilicet? das ist zu tolle! den Kerl
"muß das Maul gestopft werden."
Nicht doch meine Herren! Nicht so
laut! — Wißen Sie schon nicht mehr
was ich beschloßen habe? — Noch einen Umstand muß ich Ihnen sagen: und
alsdenn werden Sie sich gewiß für mir
fürchten — das vermuth ich stark! Ich
bin — ein — Preuße gewesen: —
und noch dazu ein — Hußar von Rusch
— verstehen Sie mich? — Diesen,
und den Jesuiten war nie viel zu trau-

en

en. — Ein Jesuite hat mehrmalen ganze Collegia gekrönter Häupter — durch falsche Finten — (etwas aus der Fechtkunst) verführet, — in Angst und Schrecken gesezet. — Ein einziger Preuße — und zwar von obigen Haupt= vögeln einer, — wenn Sie etwan das von gehört haben? hat in Heßen — (vielleicht aber liegt es an der Landes= art:) — eine ganze gegenseitige Armee in Alarm, und ins Retiriren gesezet. — Sollte nicht auch ein Autor der Preu= ßische Luft gerochen: oder der von Preu= ßischen Schrodt und Korn ist, — eine Anzahl Herren in Zittern und Beben — sezen können? Seyn Sie Stille meine Herren! laßen Sie sich dienen! und hören Sie nur Authenticam in= terpretationem erst an; — Ich sage: das große lateinische weiche D. oder zu

D 2

Deutsch

Deutsch Doctor — begreift ein Scire
oder Scientiam, et artis peritiam,
per omnes modos et casus etc. in
sich. — Ich kann den Saz beweisen:
ich habe Autorität vor mir! — Lesen
Sie des Herrn von Moliere Lustspiel
le Mariage forcé nach. Sehen Sie!
wie man durch falsche Schlüße, oder
noch beßer! durch eine grundfalsche Lo-
gic verführet — so gar einen Schriftsteller der Satyre beschuldigen kann,
der doch die Wahrheit zu schreiben den
ernsten Vorsaz hat. — Aber Magister? Je nu ja! das ist was anders:
— und eben so gar schwer nicht! —
Das wollt ich ja wohl noch werden können: — was ein Magister für Eigenschaften haben muß — die weiß ich
auch? — Eine einzige von diesen stehet
mir im Wege: die macht bey mir die
Magi-

Magistern wenigstens hypothetice zur
Unmöglichkeit. — "Nun! was wird
"doch das wieder seyn"? — Kein Ba-
gatelle! nicht vne Chose de neant! —
in der That meine Herren! ich habe
Grund dazu; — Sie werden mir recht
geben wenn Sie die Gründe hören? —
Ein Magister muß eine Perücke tragen;
— wenigstens hab' ich noch keinen in
dieser Würde ohne Perücke gesehen! —
nun ist zwischen mir und einer Perücke,
nicht allein eine gräßliche Antipathie:
oder, wenn Sie Latein etwa beßer verstehen? — rerum mutua repugnan-
tia: sondern auch der ganze Chor, oder
die Kameradschaft des schönen Ge-
schlechts — haben mir auf ihre Treue
— versichert daß ich die schönsten Haare von der Welt habe; was würde ich
nicht empfinden? und was würde ich

D 3

mir

mir auf der andern Seite nicht für eine
Empörung, mit der Würde eines Ma-
gisters über den Halß ziehen? — Was
reden Sie dazu? — Sie schweigen stille? — denken Sie was Sie wollen!
Ich schwör' Ihnen bey dem galanten
Schwure meine Herren! — müst' ein
Autor wie ein Magister, eine Perücke
tragen, so wollt' ich kein Autor seyn. —
so gerne ichs auch bin! — Aber! Dank
sey es dem Geschicke! ein Autor braucht
keine Perücke zu tragen: ergo kann ich
einer werden — und in meiner Historie
fort fahren. — Wir bleiben stehen, da
mein Pferd trotz den neu erfundenen Rädern von mystischer Materie vorwärts
gieng. — Ein geflügelter Mann der,
wie es schien in vollen Geschäften begriffen, sehr eilfertig auf mich zukam:
und den ich nach allen Beschreibungen
der

der Mythologie für den Merkur hielt, brachte meine Sinnen so viel ich von selbigen wieder zusammen bringen konnte (denn alle hatt' ich sie noch nicht wieder) auf den Einfall: ich müste wenigstens auf dem Parnaß seyn; — Und meine Muthmaßung war richtig: indem er mir im Vorbeystreichen, auf meine Frage antwortete: ich befände mich in der Landstraße auf dem Parnaß: die gerade zum Hauptquartier des Apolls führet; ich würde gleich auf die Vorposten stoßen. — Wie wirst du, jammerte ich noch im Fortreiten auf diesem gelehrten Berge mit deinen Strichen zurecht kommen? —als ich schon ein artiges Häußchen von Myrten, und Lorbeern, ohngefehr wie unsere Hauptwachen erbauet, und nicht weit davon, einen kleinen braunen drollichten Kerl, mit etwas

D 4   langen

langen Ohren, und einer Machine
auf der Schulter wie die Oesterreicher
Knutenpeitschen, erblickte. — Er krieg=
te mich nicht so bald ins Gesichte, als
er schon mit schmeternd heroisch tönen=
der Stimme Gewehr heraus! — ru=
fete. Darauf quollen unzählige solche
Kerl, alle mit dergleichen Instrumen=
ten auf den Schultern aus dem Häuß=
chen: stelleten sich, ohne weiter dazu be=
fehliget zu werden, in Reihe und Glie=
der. — Ich winkete zwar mit der Hand=
— und mit dem nemlichen Avec — mit
welchen große Herren oder die Offi=
ciers winken — wenn sie das Honeur
einer Wache abschlagen, — oder verbit=
ten wollen. — Aber sie ließen sich nicht
irre machen, und formierten dem allen
ohnerachtet eine verteufelt lange Gaße.
Das wird gut werden! dacht ich: gar

Spieß=

Spießruthen zu Pferde? — und noch
daju von solchen Kerls! — Mein
Pferd brachten alle diese Vorkehrungen
im mindesten nicht aus der Faßung:
es gieng vielmehr im schönsten Air vorwärts auf die Gaße loß. Man konnte
den schnakischen Kerln aus den Augen
lesen daß sie die Reuterey bewunderten:
wenigstens etwas bewunderten sie gewiß! denn sie sahen alle mit unverwen-
deten Augen und verlängerten Ohren
nach mir, oder dem Pferde. So bald
das Pferd den ersten Schenkel in die
Gaße sezete, warfen sie die Knuten —
wie bey uns wenn die Spießruthen
schon gebraucht, über die Schulter —
weg, zogen mit ganz besondern Jubel-
geschrey auf den Apoll und alle neun
Musen — Myrten und Lorbeerkränze
aus ihren Busen, und warfen sie über

mich

mich in die Luft: daß ich gleichsam un=
ter diesem Geschrey (doch reizender tö=
nend) als wenn uns ehedeßen die Croa=
ten eine Attaque zudachten, — und
wie unter einem Gewölbe von Krän=
zen fort ritt. Ob keiner auf mich herun=
ter gefallen? Je, da wäre ich ja ein ge=
krönter Poete geworden! — und zwar
selbst auf dem Parnaß; — das hätt'
ich Ihnen längst gesagt meine Herren!
— Dieß wäre zu viel Ehre — für mich
gewesen, daß konnt' ich nicht verlan=
gen! — Ich war noch immer den Be=
fehlen meines Pferdes unterworfen;
glaubte nun aber gewiß weil auch die=
se Scene so gut, und mit so großer Eh=
re — für mich abgieng, es würde mich
zum Pegasus, und von da, über die
Hippokrene, — (wo ich erst einen rech=
ten Trunk gegen den kritischen Durst
thun

thun wollte) und zum Apoll führen. —
Allein es machte am Ende der Linie eine artige Passade, und trabete — weil
es mit dem Apoll nicht gut Freund zu
seyn schien — rechts fort.   Ich kann
Ihnen also meine Herren! da sich mein
Pferd nur in den Außenwerken amu-
sierte nun nichts mehr als eine Choro-
graphie mittheilen.   Ey! schreyen Sie
nur nicht so übertrieben daß Sie es
selbst schon wißen, — und machen Sie
nur nicht so vielen Lärm von Ihrer Gelehrsamkeit.   Es kann seyn daß Sie
auch auf dem Parnaß gewesen — und
daß Sie den Apoll und alle seine Hand-
werksgenoßen — bis auf die Schuh-
schnallen kennen: denn Sie sind Gelehrte! — Sie werden es aber nicht
ungnädig nehmen, wenn ichs nach den
Gründen unserer Philosophie — in

Zwei-

Zweifel ziehe — und daß ich vielmehr
glaube es deucht Ihnen nur daß Sie
auf dem Parnaß gewesen — Sie wun-
dern sich über meinen Zweifel? Ach!
ich hatte gewiß vergeßen Ihnen zu sagen daß ich von Pyrrho bin. — Und
wenn auch dieses alles wäre, was Ihnen wohl nur deucht: — so sind Sie
doch nicht reitend auf dem Parnaße gewesen; — so ist doch zwischen uns dif-
ferentia itineris. — Was mir noch
weiter begegnete? Nicht wahr, nun
plagt Sie die Curiosite? — Ein artiges Mädchen — meine Herren! Gerade wie mein Mädchen! und meinem
Pferde mußt' es auch gefallen, denn es
war zu meiner Zufriedenheit nicht scheu!
— Ich ward schon froh sie wieder zu
sehen, und wollte sie eben haschen, aber
sie entschlüpfte meinen Händen, und
nach

nachdem sie in einem Silbertone noch
Punctum gesagt — verwandelte sie sich
vor meinen Augen in einen Rosenstrauch
voller Rosen. Ich dachte: was soll hier
Punctum heißen! das ist ein Schnizer
wider die Grammatic — und wenn es
schon auf dem Parnaß — gesprochen
worden: und wollte, weil mein Pferd
stille stand, welches bey ieder besondern
Vorfallenheit eine Pause machte, wenigstens eine Rose die gar schön war
— auf meinen Ermel stecken: allein
meine Finger empfanden im Zugreifen
schmerzlich — daß dies Punctum —
a verbo Pungo — hatte. In gerader
Linie vor mir erblickte ich eine, in meine Augen blinkende hohe Ehrenpforte:
und als ich näher dran kam sahe ich,
daß sie von lauter Kränzen mit Pfeilen
bevestiget, — erbauet war und auf ie-

dem

dem Pfeile hüpfte ein Liebesgott: —
und im Bogen standen die goldenen
Worte: Vorhof zur Reſidenz des
Amor.   An der rechten Seite beſchäf-
tigte ſich ein junges Frauenzimmer, ohngefehr 45. Jahre — alt; daß ſie nicht
weit vor, oder nach dieſen Alter geweſen, ſchloß ich daher, weil ihr Mund
ſo ziemlich von Zähnen geſäubert —
und ihre Reize mächtig in Falten —
verhüllet waren.   Wunderlicher Einfall
vom Amor! dacht ich: eine Ehrenpforte von Kränzen! Ich fragte einen Amor
was das mit den Kränzen für eine Deu-
tung hätte? Dieß ſind ſagt' er ſo freund-
lich als nur ein Liebesgott reden kann:
— Dieß ſind die Kränze der Mädchen
die dieſes Jahr Weiber geworden. —
Und dieſes Frauenzimmer iſt, weil ſie
ſo viele Mannsperſonen geliebet, —

auch

auch alle Bälle — Redouten — und
Kirmsen — besuchet, daß sie am Ende keiner nehmen wollen, von der Ve-
nus auf drey Jahre — dazu verdam-
met, die Nahmen der Mädchen, und
den Tag an oder die Nacht — an welcher sie Weiber geworden an die Kränze zu heften, und an ieden Pfeil mit
welchen sie geschoßen sind — zu befe-
stigen; alsdenn wird sie von einer ihres
gleichen — abgelöset, und soll aus Gnaden — oder zur Belohnung ihrer treu
geleisteten Dienste — noch einen Geistlichen zum Manne erhalten. Ich las
die Nahmen, und kannte viele persönlich; ich fand aber auch verschiedene die
wir noch als Demoiselles — verehren,
und von denen ich gewiß wuste daß sie
noch nicht einmal versprochen waren,
unter den Nahmen der Weiber. — Ich
hätte

hätte den Amor eines Irrthums be-
schuldiget wenn sich Götter irren könnten. Ich sagte den Amor was ich wuste, und meine Zweifelsgründe offenher-
zig; — ich erhielt aber diese kurze, und
mir immer dunkel gebliebene Antwort:
Sie sind ihrem Wesen nach — Weiber.
Ich hätte den Bescheid gerne geläutert
— aber der Liebesgott hüpfte lächelnd
zwischen die Kränze: und mein Pferd
gieng weiter. — Da entdeckte ich tief
in dem Labyrinthischen Haine, zween
dem ersten Ansehen nach streitende, im
Grunde aber wohl verliebte Personen.
Der Nymphe, die ohngefehr von dem
Ansehen wie unsere 15. Jährige Mädchen war, — strahlte zwar, auser daß
man offenbar sah' daß sie verliebt —
war, noch Unschuld — und Einfalt —
aber kein Verdruß über den Streit —

von

von ihren Wangen. Der junge Herr
aber, wie unsere sonstigen Renomisten
— und wie ich selbst einer gewesen:
nicht wie die iezigen — denn alleweil
affectirt ein jeder Student, wenn er 4.
Wochen auf Academien gewesen, ein
Renomiste — zu seyn, der viele Drei-
stigkeit und Entschloßenheit in seiner
Visage blicken ließ, zeigte absonderlich
in dieser Art zu streiten — viele Hand-
griffe — und Erfahrung. — Das Ge-
sechte wurde je länger je ernsthafter:
das Mädchen zog sich immer tiefer zurücke — Ich dachte bey mir: hier ist
eine große Ineluctabilität, — und
wenn Sie wären dabey gewesen meine
Herren! Sie hätten selbst gesagt: hier
gehet es ohne Blutvergießen — nicht
ab! Ich verfolgte sie mit starrem

E

Auge

Auge: und hätte beynahe über den Spaß (aber so gehet es wenn man alles sehen will) meine Nase eingebüßet: denn es schnickte mir weil ich nicht auf den Weg acht gab, da mein Pferd so nahe an das Gebüsch gegangen, ein Lorbeer, oder Myrten Reiß, was es eigentlich war konnte so genau nicht untersuchen? so vehement unter die Nase, daß ich wirklich danach griff ob sie noch da war, — und mir wegen schmerzlicher Empfindung alle meine 5. oder 6. Sinne, oder so viel ich derer damals hatte — vergiengen. Ich rupelte mich zusammen und rieb die Stirne gewaltig (diese Ungezogenheit, wenn es eine ist! hab' ich so an mir, wenn ich was wunderliches sehe und höre.—) Die Betäubung wurde je stärker und stärker; ob es eine ordentliche Ohnmacht

gewe

gewesen, und ob sie durch das Reiß,
oder von dem Zusehen — entstanden?
kann ich Ihnen meine Herren mit Zu-
verläßigkeit so gewiß nicht sagen. —
Als ich wieder zu mir kam: und daraus
können Sie sehen daß ich wirklich weg
gewesen! befand ich mich auf einem Lager von Rosen, und mein Haupt auf
einem Küßen von dem schönsten Blu-
men gebunden. Ich richtete mich auf
besahe verwunderungsvoll mein Lager,
und rieb ziemlich die Stirne. — Als
ich mein Pferd, daß ohnweit von mir
in vollkommener Zufriedenheit, in den
schönsten Wiesen weidete, wieder erblickte, erinnerte ich mich aller meiner Be-
gebenheiten: und hielt das Vergange-
ne zum allerwenigsten für eine Bezau-
berung. — Die Zone in welcher ich
mich befand, schien mir sehr alltäglich;

E 2

und

und nach genauer Untersuchung ward ich
überzeugt daß ich kaum einige Stunden
von meiner Behausung lag. Wie ich
aber vom Parnaß, und auf dieß Rosenlager gekommen? das ist der Knoten! —
Den meine Herren lösen, oder hauen Sie
auf! — Ich habe mich weiter nicht darum bekümmert ich war in einer gleichgültigen Zufriedenheit daß ich noch in
der deutschen Welt, — und ganzberu-
higt war. — In dieser Freude verließ
ich mein Lager, und gieng nach meinem
Pferde: und — o! wie fügt sich nicht
eine Sache die da seyn soll; — da lag
ein Paquet vor meinen Füßen da ich vermuthete was rechtes gefunden zu haben
aber da ichs entwickelte fand ich nachste-
hendes Stück im M. Script. — Wenns
sonst nichts ist? sagt ich ganz laut: so
belohnt sichs wohl der Mühe daß ich

mich

mich gebücket, und ein vollgeschriebenes
Schreibebuch aufs höchste eines Ter=
tianers aufgehoben habe! — ich wollt'
es aber wieder hinwerfen, als der Wind
ein Blat in die Höhe trieb daß ich den
Titel erblickte: dieser bewegte mich et=
was weiter zu blättern; aus einigen
Ausdrücken, die mir vieles zu sagen
schienen: und weil es so ganz ausser der
Straße verlohren gegangen, — muth=
maßete ich daß es ein Jesuite, die ger=
ne neben den Wegen gehen — verloh=
ren hätte; Aus diesen Händen hielt es
für würdig — es durchzulesen. Wenn
es jemand anders verlohren hat; Denn
meine Muthmaßungen können auch trü=
gen, der kann sich binnen dato und ei=
ner doppelten Sächsischen Frist melden;
ich will niemanden ein Stückgen Ehre
abschneiden. — Ich wäre den Jesui=

ten gut? keineswéges meine Herren!
Woraus wollen Sie das schließen? Ich
laße zwar gerne iedem Pfiffigen Kerl
seinen Plaz! — und wenn ichs auch
wäre, und für sie schriebe: was würde
es helffen? — ich bin kein Bischof. —
Ich bewundere nur ihren Stifter der
seine Mannheit so heldenmüthig für sein
Vaterland aufgeopfert — und dennoch
so viele Kinder — hinterlaßen: und
dennoch seinen Nahmen nicht verewigen
können. — Guter ab Logola! das ist
der Welt Lauf! — so gehet es glänzen:
den Häusern! Doch nur getrost ihr Kin:
der! — ihr seyd ja nicht auf die Köpfe
gefallen? — was nicht im Vischen —
Verstande gehet, daß gehet im Claudet
stinschen — öfters beßer. — Ich steck:
te mein M. Script ein, sezte mich auf
mein Pferd und ritte, da sichs nun wie:

der

der von mir lenken ließ, nach Hauße.
Ich war etwas über vier und zwanzig
Stunden ausgewesen: muste also doch
beträchtlich lange auf dem Rosenlager
geschlaffen haben? Ich fand viele Geschäfte, ich bekümmerte mich um deren
Besorgung, brachte alles in Ordnung;
ertheilete weitere Ordree: und legte mich
zur Ruhe. Den andern Morgen als
ich erwachte, hatte mir geträumet mein
Autorwurm hätte sich durch den Kopf
gefreßen — der Umstand wäre mir aber
nicht gar zu recht gewesen! zum Glück
war es nur ein Traum! — er machte
mich aber doch einigermaßen unruhig.
— Sollt' er sich denn fragt' ich mich
selbst: schon stark genug finden deutsche
Luft zu riechen? — damit stand ich aus
dem Bette, und wollt' eine prise To-
back nehmen: — ich krigt' anstatt der

 Dose

Dose das M. Script aus meiner Tasche
in die Hand, und vergaß darüber die
prise contenance. — Je, dieß wäre
ja, dacht ich bey einer kleinen Erdö-
thug: eine gute Gelegenheit deinen Autorwurm zu befriedigen, und zu verhü-
ten daß er sich nicht etwa noch, wie
der Traum besaget — durch, mit Ge-
walt durchfrißt; — die Welt könnte
sonst wohl gar glauben daß du trepa-
niert — wärest. Mache einen Vorbe-
richt zu diesem Stücke, und erzähle dar-
inne den Herren in der gelehrten Welt
deine Schicksaale — so viel Sie wißen
sollen: und die Umstände Wie? — Wo-
her? — Wodurch? — Womit? — Von
wannen? — Weswegen? — Auf was
Art und Weise? — Auch wie theuer?
— Du zur Autorschaft gelanget. — Sie
mögen glauben was Sie wollen — —
genug

genug du wirst zum Autor! — Auf den
Rath meiner Seele empfand ich ein kü-
zelndes Vergnügen. — "Nu! was denn
für ein Vergnügen?" Je, ein Autor
zu werden! Ich sezte mich sogleich an
meinen Pult, und ergrif die Feder!
zweymal versagte mir die Dinte: denn
die Herren Recensenten hüpften wie
Irrwische — in allerley Form auf dem
Papiere herum. — Ein schöner Anfang
seufzete ich! Ich stampfte die Feder auf
das Pult — ich fluchte — wie man bey
dergleichen Erscheinungen nach Regeln
fluchen muß: — ich abstrahirte, kraft
meiner Philosophie — von den Herren
Kunstrichtern, — und von der ganzen
Welt — ergrif zum Drittenmale die Feder: und siehe da! wenn man eine Sache forciert so gehet es doch endlich —
meine Feder gieng loß. — und schrieb

E 5   also!

also! — Wer war zufriedener als ich?
nun sah' ich die erste Möglichkeit ein
Autor zu werden. — Denn gewiß meine
Herren! floß die Dinte nicht; — so
war es bey aller meiner Fähigkeit und
Geschicklichkeit — dennoch eine aufrich-
tige Unmöglichkeit zu schreiben. — Drey
Tage schrieb ich, die Nächte auch mit
gerechnet fort! — Denn so bald die Feder nur erst schrieb, rufte ich in reiner
Tenorstimme, darinnen mehrentheils
Officiers zu commandiren pflegen: —
gehab dich wohl Schlaf! — nun schlaff'
ich nicht ein bis ich als Autor erwache!
— Wie gesagt in dreymal vier und
zwanzig Stunden war die Geburth meines Wizes — zur Welt; und Mor-
pheus geboth mir zu schlafen: und ich
schlief. Sie können aber leicht denken
meine Herren! wie man schläft wenn
man

nach Ehre strebet? — Unruhig, erwach=
te ich! — und Gedankenvoll ergrif ich
das noch nicht einmal trockne Kind —
und las. Aber! — o verdammter Um=
stand! — die erleuchtende Geschöpfe er=
schienen abermals — und hüpften är=
ger als zuvor. — Die Verzweifelung
war zu groß — als daß ich hätte ans
Fluchen denken können: und meine Hän=
de wurden schon von der Seele com=
mandiert die gelehrte Geburth zu Vier=
theilen — als ich vor meiner Thüre ein
tösendes Geräusch, und viele Stimmen
bemerkte. Es war im Grunde, wie ich
in der Folge klar überführet ward nur
eine Stimme, aber die Einbildungs=
kraft, — die bey manchen Menschen
mehr als er selbst wieget — machte die
übrigen dazu; daß ich bestärkt von mei=
ner Furcht — mir nichts gewißers als
einen

einen persönlichen Ueberfall der sämmt-
lichen Herren Recensenten — und eine
gänzliche Aufhebung des Handwerks —
einfallen laßen könnte, da einer meiner
Freunde zur Thüre herein trat — und
dem gelehrten Kinde das Leben erhielt.
— Meine Zerstreuung war zu beträchtlich, als daß ich sie hätte verbergen können. Vom starrem Erstaunen belebt
— entfiel die Geburth meinen Händen
und gesellete sich den Füßen. "Bist du
"tolle Kerl?" — so war der Gruß meines Freundes! — Ich erhohlte mich
in etwas und erzählte ihm meine Historie so gut ich vermochte. "Je, wenn
"sonst nichts ist?" rufte er ziemlich laut
und nahm die die Papiere und las.
"Das Ding ist so übel noch nicht!"
schrie er noch stärker; — "die Recensen-
"ten werden dich nicht groß belehren, laß

",sie die Nuß — nur erst aufbeißen;
",da werden sie die Zähne schon
",stümpfen daß sie Noth haben den
",Kern zu käuen. — Und überhaupt!
",weißt du das Sprichwort nicht? ein gut
",tes Wort findet eine gute Statt." —
O ho! schrie ich dagegen: eine verzweifelte Scene! — es war nicht anders
als wären wir beyde taub! das gehet
hier nicht an! man siehet ja wies geht:
die Herren nehmen nicht einmal Geld
— so wird ihnen mit einem guten Worte noch weniger gedienet seyn. — Ich
laße zwar die Sprichwörter — in ihrem Werthe: ich weiß aber auch eins,
das lautet: wen man im Sacke findet
den schüttelt man aus. — Mein Brü-
derchen fand sich so ziemlich von der Un-
gültigkeit seines Raths überführet, —
und zog sich nachdem er noch verschie-
denes

schiedenes, so mir aber, und wäre es
auch wohl bey dem kritischen Zeitpunk-
te — ein Wunder? wieder entfallen,
aus vollem Halse — mit allem pathe-
tisch-polemischen Wahnwize declamirt
— durch ein französisches Adieu zurücke. — Je ja! mit deinen Sprichwor-
ten kanst du nur einpacken, sagt' ich;
als er gieng; da möcht' ich an die Herren schreiben? die sollten lachen! und
schöne den Brief mit einrücken, und
drucken laßen. — Wart, warte! iezt
fällt mir was gescheiders ein; — das
wird gehen! ich will die Herrn mit Am-
bition zwingen! — Ich werde ihnen
das Buch immediate dediciren — denn
eine Piese ohne Zueignungsschrift siehet
in unsern Schriftstellerischen Jahrhunderte eben so aus wie eine Regiments-
fahne ohne Löcher. — Bey dieser Ent-
schlie-

schließung da bliebs: denn ich pflege es
so zu halten meine Hochgeehrtesten Herren daß ich thue was ich mir vornehme!
— Ich habe die Dedication selbst, und
so schmeichelhaft als möglich gemacht:
— ich muß nun erwarten was mir die
Herren für ein Douceur — machen werden! "Sollte denn das auch wahr seyn,
„daß es der Parnaß gewesen ist? Ich
„habe doch allezeit gehört daß sich die
„Schriftsteller für dem Pegasus wie die
„Dorfprediger für den Landinspecktor
„fürchten: weilen der Flug so hoch ge-
„hen soll? — und der will mit seinem
„eigenen Pferde dort gewesen seyn,,?
Behüte mich der Erzeuger der ewigen
Nacht dafür meine Herren, daß ich Ihnen eine Nase vorschwazen sollte! —
Es ist zwar eben so übel nicht, daß Sie
nicht gleich alles vom Schnabel weg
glau-

glauben; denn heutiges Tages ist der
Pyrrhonismus nicht unrecht! — Aber
wofür sehen Sie mich an? ich bin kein
Marktschreyer! halten Sie mich nicht
so unkundig in der gelehrten Geogra-
phie daß ich nicht wißen sollte in welcher
idealischen Gegend ich mich befände.
Ich schwöre Ihnen bey dem Eißmeere,
welches doch weit genug von uns ist! —
oder wollen Sie lateinisch nach dem
Ovid geschworen haben? per mare,
per terras, per tertia Numina juro!
es war der Parnaß. — Und das wollt'
ich mir ausbitten daß Sie meine Ca-
meraden nicht einer Zaghaftigkeit beschuldigen; ich muß sie vertheidigen!
und Sie meine Herren hiermit, durch
einen legalen Gegenbeweiß abführen,
und wiederlegen; denn wir halten zusammen wie eine in die Flucht geschla-
gene

gene Armee. Ich behaupte: die Schriftsteller haben alle Herz im Leibe. Ich
wüste auch nicht warum einer von uns
einen Augenblick anstehen sollte das so
lange zugerittene Schulpferd, oder den
Paradeur des Apollo zu reiten; Je was
würde es thun wenn ja einer welches
den besten Reuter begegnen kann, ab-
gesezt würde! wir Schriftsteller sind
ja alle vest', und bis auf ein einziges
Fleckgen unverwundbar; und dieses
Fleckgen weiß niemand als das Frauenzimmer. — Ich habe zwar allezeit ein
Herz im Leibe gehabt troz dem Alißen,
Paoli, — Pugatschew — und wie dergleichen Kerl alle mehr heißen! aber
seitdem ich ein Schriftsteller geworden,
ist es noch gewachsen wie die Capuchons
der Damen — Ich wollte den Teufel
und seine Großmutter reiten wenn sie
sich zäumen und auflegen ließen. —

F „Nu!

"Nu! ich hab' aber doch gelesen daß es
ein verzweifelt kützlich Ding sey das Flü-
gelroß; und daß sich nicht eben ein jeder unterstehen will darauf zu reiten,
weil schon so viele krum und lahm am
Parnaß jammerten! Freylich und wenn
es nur so kützelnd wie unsers Bergmül-
lers Thier ist, so mögt es der Henker
auch reiten"? Das wüst' ich doch nicht
daß einer von uns so eine Memme seyn
sollte, und es sagen würde, daß er sich
fürchtet? wenn ers dächte ließ ichs noch
allenfalls paßiren.   Hm! das müste einer von der Infanterie seyn? denn die
Schriftsteller Armee bestehet ebenfalls
aus Infanterie und Cavallerie! ich bin
von der Cavallerie! wir kommen mit
jenen nicht viel zusammen: wir stehen
mehrentheils in den Dörfern. — Das
ist wahr! ein verwettert hoher Berg ist
es; — vertrackt jähe! wenn etwa einer
gar

gar zu schwindlich wäre — den wollte
selbst rathen — Unser Feldgeschrey ist:
Gut Reiten und Balanciren. — Deswegen kann uns auch eben keine feindli-
che Recensenten Infantrie Patrouille zu
nahe auf den Pelz — kommen, und uns
was anhaben. — Ich habe nun alles gethan was meine Schuldigkeit war! — Ich
habe Sie und meinen Autorwurm —
mit einer Historie befriediget, die in ihrer Art, wenn sie auch nicht ins Fran-
zösische übersezt — nur durch die Aus-
zierde einer wizigen Buchdruckerhand,
und pfiffige Kupfer — verschönert dennoch die Einzige seyn wird so iemals
die Welt gehöret hat; — Ich habe
mich auch mit Ihnen gezanket: — und
Sie haben sich mit mir gezankt! — Ich
habe Sie zum Lachen — und auch zum
Aergerniß bewogen! — Sie haben mich
aber auch nicht schlecht geärgert! — Sie

 haben

haben mich einen Kerl geschimpft — ich
bin Ihnen nichts schuldig geblieben. —
Mit einem Worte: wir haben uns Sack
und Seil — vorgeworfen! Und wenn
ich noch was von Sie gewußt, so hätte
es mit Vergnügen gesagt — und Sie
würden es gewiß auch nicht weniger ge=
than haben. — Wir sind doch wieder
gute Freunde, — herzens Freunde wie=
der! das ist mir angenehm! Sie mey=
nen: so wäre es Mode aniezt? — Mo=
de will ich eben nicht sagen! sonst mü=
ste die Zänkerey allgemein seyn; — was
sollte das für einen Umstand — eine
Zerrüttung, eine Zerkrazung — in un=
serer besten Welt geben? das hat man
doch nicht! Aber in gewißen Häusern
oder Familien ist es so Gebrauch daß sie
sich bis aufs Balgen öffentlich herum=
und Crutz und Quer — schimpfen; wech=
seln (Kugeln wollt' ich nicht sagen)

Schmäh=

Schmähschriften gegen einander, treten
sie mit Füßen, und — ich will nicht einmal sagen was sie weiter noch damit machen wollen! — Der Strich wäre noch
excellent angebracht? Nicht wahr, nun
gefallen Ihnen die Striche? — Ach!
wenn man sich erst miteinander übertro-
chen hat — und wieder Freundschaft suchet, da gefällt einen, da lobet man alles, was auch eben nicht zu loben ist —
Die sich gescholten und gelästert haben,
werden die besten Freunde! — sie ver-
stohten in amphibolischen Ausdrücken —
die Amnestie, machen gegen einander
Freundschaftsverschwörungen, und ein
Präsent auf das andere. — Der eine
lobet des andern zeitvertreibende großen
witzigen Einfälle und Bon mots — in
Gesellschaften. Ich schreibe aber dieses
nicht daß ich meine witzigen Einfälle auch
wollte gelobet haben; — Gehäte der

 Hin-

Himmel! — Nein! — Nun meine
Herren hab' ich Ihnen nichts mehr zu
sagen als — daß Sie nicht eben alles
was sie von mir gelesen im eigentlichen
Verstande, sondern ohngefehr so, wie
die mehresten Versicherungen unserer
schönen Welt nehmen müßen: — und,
wovon ich schon ein langes und weites
— wie der äuserliche Puz, der Hof-
fräulein, — gesprochen, daß ich bin

Der Autor.

Erster

Erster Aufzug.

Das Theater eine verrauchte Dorf-
Schenke: in der Stube drey Tische
in Winkeln, in der Mitte ist Plaz
zum Tanzen: bey der Thüre sind
einige gedruckte und geschrie-
bene Mandate ange-
schlagen.

Erster Auftritt.

Velten, Hannß Christel, Bastian,
Konrad, an einem Tische Krüge vor
sich habend, und in den Karten spielend.
Drey Bauern, am andern Tische, Bier
und Brandtewein vor sich habend. Ein
reisender Handwerkspursche, am dritten

ten Tische, der eine Kanne vor sich ste=
hen hat.   In der Mitte der Stube
wird von etlichen Paar Bauren getan=
zet; der Tanz wird eben mit lärmenden
Geschrey alle da die Scene aufgezogen
wird.   Bald darauf der Schulze, und
Gergebernt.

Velten. (in der Karte spielend, Hanns
Christeln zurufend) Die Besten! — Hanns
Christel! — (indem Hanns Christel zugiebt)
so wars recht! Ha ha ha! — Nun
Trumpf aus!

Ein Bauer. (mit dem Kruge klappernd)
Bier! Herr Wirth. — Bier! —
(Die Bauren die getanzet haben
treten zusammen und singen)

Arie.

Heut' ists Kirms in unserm Ort'
Gieng' es hundert Jahr nur fort!
Flegel so wärst du verbannet!

Kela

Kein Pflug wår mehr angespannet
Kirmse o, vortreflich Wort!

(Während dieser Arie, und lärmenden Getöse tritt der Schulze
mit Schriften unter dem Arme herein: hinter ihm her der Schenkwirth mit einem Kruge Bier für den
Schulzen, der während des izt fol-
genden Dialogue beständig die Müze unter dem Arm habend hinter
ihm stehet; der Schulze hört sehr
stille dem Singen zu.)

Der Schulze. (indem er nach Endigung
der Arie mit dem Stocke stark auf den Tisch
wo der Reisende sizet schlägt; der davon so
anser sich wird daß er für Schrecken die Kanne, indem er eben trinken will vom Munde
in die Stube fallen läßt) Stille Signum
ad est! — (zum Reisenden) Nicht er-
schrocken! — nicht! — mein Freund
(indem er ihn auf die Achsel klopfet) So böse war es nicht gemeynet! Es ist dieses
ein Zeichen daß der Schulze bey gro-
sem Lärm mit dem Commando-Stabe
F 5   giebt,

giebt, wenn er der Gemeinde etwas zu publiciren hat. (zu den Versammelten) Es ist mir um der Kirmse wegen nicht lieb, ihr Nachbarn und Gevattern! und wohl noch weniger lieb ist mirs, als euch? daß izt über meine Gegenwart die muthige Fiedel verstummen, und das zeitvertreibende Kartenspiel aufgerufen werden muß! (zu den Musikanten) Ihr Herren! gehet izt mit euer Musik auf den Schenk-Tanzboden und machet euch lustig bis der Actus vorbey seyn wird: die Kirmsebursche sind izt doch nicht auf den Boden; theils stecken sie noch im Gelag, und theils bey ihren Menschern und helfen anziehen: die Welt will ja vermehret seyn! (sie gehen ab, und auch der Reisende.)

Zweyter Auftritt.

Die Vorigen, an den Tischen Michel

chel mit seinem Mädchen, der Schulze, und in der Folge Kasper.

Michel. (kommt singend, sein Mädchen
an der Hand führend)

Königlich! ists Kirmse Leben:
Ey, wer ist so reich als ich?
Gretchen, hab' ich Dich, nur Dich!
Wer kann mir was schön'res geben?
Königlich! ists Kirmse Leben:
Gretchen, hab' ich Dich, nur Dich!

O! was giebts da Neues? wir wollens
doch auch mit anhören Gretchen!

Der Schulze. Ihr thut recht daran
Michel! hört zu! ihr wollt doch auch
einmal ein' gemeiner Mann werden?
schickt euch bey Zeit dazu, = = =

Michel. O ho! ein gemeiner Mann
werden? was ich noch werde weis ich
selber nicht? mich hat ein Edelmann gemacht! (indem er das sagt küßt er sein
Mädchen) Gelt Gretchen?

Der

Der Schulze. (der noch zu verschiede=
nenmalen in seiner Rede durch Kirmse Bur=
sche, und die Umstehenden unterbrochen wird,
suchet doch immer, ohne aus der Faßung zu
kommen, seine Rede fortzusezen) Halts
Maul! das gehöret hierher nicht! —
und das Tändeln mit dem Mensche auch
nicht; (indem er ihn zurechte stellt) Tretet
hier her! und gebt achtung! und du
(indem er das Mädchen nach der Stuben=
thüre führt) kannst einweil : : :

Michel. (der ihm nachläuft) Halt! der
Teufel soll ihm den Hals zerbrechen
Herr Schulze, wenn er mir mein Mäd=
chen verführen will! ich geh' auch mit:
wenn ich sein Anbringen auch nach der
Kirmse erst erfahre; ist es auch Zeit:
ich habe so noch nicht gegeßen. (indem er
das Mädchen bey der Hand nimmt) Komm
Gretchen!

(gehet ab)

Der

Der Schulze. Ha, ha, ha! ich wäre auch lieber zu hause bey meinen Kirmsegästen, deren ich das Haus voll habe, geblieben! aber es ist ein Sprichwort wer ein Amt hat der warte des Amts! Amts genug hab' ich! Kirmse Freyheit ist in der ganzen Welt so weit ich wenigstens gekommen bin. Aber ich! ich kann auch an der Kirmse nicht frey von Amtsgeschäften seyn! — nicht einmal die Kirmse Gans hab' ich in Ruhe genießen können : : :

Kasper. (indem er zur Thüre herein kommt) Juch haisa Kirmse!

Der Schulze. Hier ist keine Kirmse Kasper! — Ich stehe von Amtswegen hier um etwas zu publiciren.

Kasper. Nu! das kann ich auch mit anhören? — (man hört draußen rufen) Juch

Juch haisa hoch! (Kasper antwortet)
Juch haisa! hier Bruder!

Der Schulze. Ey, ey! das solte sich
hier bey Amtsgeschäften schicken. (indem
er ihn beym Arm zur Thür hinaus stoßet)
Fort hinaus mit euch: Apage! (er schnapt
die Thüre ab: indem er wieder kommt) Wer
nicht weis was ein Schulze, und zwar
ein Oberschulze in einem Hochadlichen
Gerichtsdorfe zu thun hat, der werde
nur erst ein solcher Schulze. Ein Pastor, wenn der seine Predigt, und wenn
er sie auch schwitzend gethan hat, dann
hat er doch Ruhe! Dann kann er seinen
Braten, oder wenn ja einmal das
Beichtgeld nicht zugereicht hätte, seinen
Kohl und Fleisch in Ruhe eßen: und
sich vergnügt der seinen Mädchen, erinnern, die er vor seiner Kanzel oder noch
beßer! im Beichtstuhle gehabt hat; doch
un-

unsern Magister wirds wohl auch wie
mir vergehen! Ein Schulz' aber der
muß fort in die Schenke, wenn und zu
welcher Zeit es dem Gerichtsverwalter
nur einfällt seine Grillen ablesen zu laßen, er mag Braten oder gar Mädgen
vor sich haben. — Was der Kerl, der
Gerichtsdiener für einen Lärm von der
Nothwendigkeit der Publication des
überbrachten Befehls machte! und was
wirds seyn? (auf die Pappiere weisend) als
ein wiederholt geschärfter Befehl, wegen
Abstellung der eingerißenen großen Bet-
teley! Es hätte Noth gethan ich wär',
ohne Perücke fortgelaufen. Ich hätt'
es wohl im Grunde nicht gebraucht daß
ich den Gerichtsbefehl — Heut', eben
heute an der Kirmse publiciert hätte:
denn ich sage noch einmal Kirmes Freyheit gehet durch die ganze Welt! aber
ich weis schon wie es von dem Gerichts-
ver-

verwalter aufgenommen wird) wenn ich
seine ausgeheckten Erfindungen, Grillen genannt! nicht gleich ausrufe. —
Es ist zwar mein Schaden auch nicht
das weis ich wohl! — und überhaupt
man muß es mit den Leuten in den Gerichten nicht verderben! eine Hand
wäscht die andere; Ich kann manchmal
auch ein Wörtchen in den Gerichten zu
meinem Vortheile sprechen: und wie
manch Glas Wein hab' ich schon bey
unsern Gerichtsverwalter getrunken?
oder wie vielmal trifts gar, daß ich
Amtswegen mit nach Thalbrunnen zum
gnädigen Herren muß: da freue ich mich
nur auf den Punsch, das ist ein herrlicher Soff! vortrefflich! — Ach! welch
ein Geschmack! — Doch zur Sache —
Ihr Nachbarn und Gevattern! (auf die
Schöppen und Aeltesten sehend) die von Tu-
sche aufstehen, und um ihn treten) es ist gut
daß

daß ihr alle da seyd, so dürft ihr nicht
noch kommen! Aus meiner weitläufti-
gen Vorrede, meinem Sermon, gilt
gleich wie ihrs nennen wollet! werdet
ihr die Veranlaßung zu meiner izigen
Gegenwart sattsam verstanden haben,
(man hört draußen abermal doppelt Juch haisa rufen) Ja, blöke du wie ein Kalb, oder
brülle wie ein Ochse, die Thüre ist ver-
schlossen! Claudite jam rivos pueri,
sat prata biberant sagt iener Poet. —

Hanns Christel. Herr Gevatter
Schulz ich dächt' er gäbe es izt bey dem
Kerne kurz ehe wieder: : :

Der Schulze. Gevatter ich pfleg' es
aber, so zu halten! und es ist in unsern
Gerichten auch so üblich daß die Sache
durch einen kurzen Eingangs-Saz oder
Vorrede angekleidet, oder der Termin
dadurch eröfnet wird.

G		Ba-

Baſtian. Herr Gevatter! vergeße er seine Rede nicht: iſt das noch nicht genug zu einer kurzen Vorrede? Ich denke immer wenn die Kirmsbursche auf ihren Boden kommen und finden die Schenkmuſikanten drauf, ſo werden ſie ihm die Publicationsgebühren mit Nachdruck bezahlen : : :

Der Schulze. Ich werde freylich weils Kirmſe iſt, nicht die ganz Gemeinde zuſammen kommen laßen; es iſt ſo Lärm und Getöſe genung: aber ſchon recht ſo! auf Kirmſen muß Lärm ſeyn Euch! nur euch! ihr Stüzen des Dorfs! euch ehrbaren Männern, werd ich Kraft meiner tragenden Würde, hier an dem öffentlichen Orte, den Inhalt meiner Papiere bekannt machen. Es ſagt ja ſo immer ein Nachbar dem andern gern etwas Neues! der ſagts dem, und der wieder dem, und wieder der dem? ſo

gehts wie ein Lauffeuer im Dorfe herum!
Und wer es nicht glauben will, der kann
in die Schenke gehen, und die Nase
selber ins Mandat stecken. (er nimmt den
Huth ab, sezet die Brille auf, und erbricht
den Befehl, indem er die andern Papiere
auf den Tisch oder die Bank leget) Doch
ich will erst (indem er sich nach dem Schenkwirth umsiehet) einmal trinken, hab' ich
mich doch ganz durstig geredet! (zum
Schenkwirth, indem er nach dem Kruge
greift) Ich dachte Gergebernt hätte mich
etwa vergeßen?

Gergebernt. (mit einer ehrfurchtsvol-
len Mine) Nein! — wie könnt' ich meinen Herrn Schulzen, und meine Schuldigkeit vergeßen? —

Der Schulze. (gleichgültig) Bey dem
Kirmse Lärm wärs wohl kein Wunder
seine Schuldigkeit zu vergeßen? und die-

diesem Falle hätt' es auch nicht übel
genommen! (indem er trinkt die Brille auf
der Nase behaltend) Nun so will ich doch
sehen wie heute das Kirmse Bier in der
Schenke schmeckt!

Hanns Christel. Herr Gevatter die
Brille! —

Der Schulze. (indem er den Krug ab-
sezt, fällt die Brille von der Nase in den Krug)
Liegt im Kruge! — Es ist auch eben
kein Unglück! sie wird sich nicht ersäuffen! (er trinket das Bier aus, stürzet den
Krug um in die Hand, sezet die Brille wieder auf, giebt den Krug den Schenkwirth,
stellet sich in Positur und lieset ab) Nachdem Hochadliche Thalbrunnische Ober-
Gerichte aus bewegenden höchst dringenden Ursachen, und zu Conservation
der Unterthanen, sich bewogen gesehen,
gleichwie in andern angränzenden Ländern,

dern, und Fürstenthümern schon geschehen! die Frucht Sperre auch über die Hochadlichen Thalbrunnenschen Ober: Gerichts Ortschaften zu verhengen: und alle Ausfuhre der Früchte an Auswärtige, unter was für Vorwande selbige auch geschehen könnte gänzlich, und auf das schärfste in Verbot zu legen; Als wird : : :

Velten. (zu den Bauren am Tische) Da habt ihr den Teufel — auch hier die verdammte Sperre! Ich : : :

Der Schulze. (sehr ernsthaft) Stille! — Velten der Actus muß ununterbrochen vollendet werden : :

Ein Bauer. (am Tische) Die Sperre fehlte noch in unsern Dorfe: nun kann uns der Edelmann : : :

Der Schulze. (boßhaft: nimt die Bril-

Der Schulze. (der noch zu verschiede-
nenmalen in seiner Rede durch Kirmse-Bur-
sche, und die Umstehenden unterbrochen wird,
suchet doch immer, ohne aus der Faßung zu
kommen, seine Rede fortzusezen) Halts
Maul! das gehöret hierher nicht! —
und das Tändeln mit dem Mensche auch
nicht; (indem er ihn zurechte stellt) Tretet
hier her! und gebt achtung! und du
(indem er das Mädchen nach der Stubenthüre führt) kannst einweil : : :

Michel. (der ihm nachläuft) Halt! der
Teufel soll ihm den Hals zerbrechen
Herr Schulze, wenn er mir mein Mädchen verführen will! ich geh' auch mit;
wenn ich sein Anbringen auch nach der
Kirmse erst erfahre, ist es auch Zeit:
ich habe so noch nicht gegeßen. (indem er
das Mädchen bey der Hand nimmt) Komm
Gretchen!

(geht ab)

Der

Der Schulze. Ha, ha, ha! ich wäre auch lieber zu Hause bey meinen Kirmsegästen, deren ich das Haus voll habe, geblieben! aber es ist ein Sprichwort wer ein Amt hat der warte des Amts! Amts genug hab' ich! Kirmse Freyheit ist in der ganzen Welt so weit ich wenigstens gekommen bin. Aber ich! ich kann auch an der Kirmse nicht frey von Amtsgeschäften seyn! — nicht einmal die Kirmse Gans hab' ich in Ruhe genießen können : : :

Kasper. (indem er zur Thüre herein kommt) Juch haisa Kirmse!

Der Schulze. Hier ist keine Kirmse Kasper! — Ich stehe von Amtswegen hier um etwas zu publiciren.

Kasper. Nu! das kann ich auch mit anhören? — (man hört draußen rufen)
Juch

Juch haisa hoch! (Kasper antwortet)
Juch haisa! hier Bruder!

Der Schulze. Ey, ey! das solte sich
hier bey Amtsgeschäften schicken. (indem
er ihn beym Arm zur Thür hinaus stoßet) -
Fort hinaus mit euch: Apage! (er schnapt
die Thüre ab: indem er wieder kommt) Wer
nicht weis was ein Schulze, und zwar
ein Oberschulze in einem Hochadlichen
Gerichtsdorfe zu thun hat, der werde
nur erst ein solcher Schulze. Ein Pastor, wenn der seine Predigt, und wenn
er sie auch schwitzend gethan hat, dann
hat er doch Ruhe! dann kann er seinen
Braten, oder wenn ja einmal das
Beichtgeld nicht zugereicht hätte, seinen
Kohl und Fleisch in Ruhe eßen: und
sich vergnügt der seinen Mädchen erinnern, die er vor seiner Kanzel oder noch
beßer! im Beichtstuhle gehabt hat; doch

un-

unfern Magister wirds wohl auch wie
mir vergehen! Ein Schulz' aber der
muß fort in die Schenke, wenn und zu
welcher Zeit es dem Gerichtsverwalter
nur einfällt seine Grillen ablesen zu las
sen, er mag Braten oder gar Mädgen
vor sich haben. — Was der Kerl, der
Gerichtsdiener für einen Lärm von der
Nothwendigkeit der Publication des
überbrachten Befehls machte! und was
wirds seyn? (auf die Pappiere weisend) als
ein wiederholt geschärfter Befehl, wegen
Abstellung der eingerißenen großen Bet
teley! Es hätte Noth gethan ich wär',
ohne Perücke fortgelaufen. Ich hätt'
es wohl im Grunde nicht gebraucht daß
ich den Gerichtsbefehl — Heut', eben
heute an der Kirmse publiciert hätte:
denn ich sage noch einmal Kirmes Freyheit gehet durch die ganze Welt! aber
ich weis schon wie es von dem Gerichts-

verwalter aufgenommen wird; wenn ich
seine ausgeheckten Erfindungen; Grillen genannt! nicht gleich ausrufe. —
Es ist zwar mein Schaden auch nicht
das weis ich wohl! — und überhaupt
man muß es mit den Leuten in den Gerichten nicht verderben! eine Hand
wäscht die andere; Ich kann manchmal
auch ein Wörtchen in den Gerichten zu
meinem Vortheile sprechen: und wie
manch Glas Wein hab' ich schon bey
unsern Gerichtsverwalter getrunken?
oder wie vielmal trifts gar, daß ich
Amtswegen mit nach Thalbrunnen zum
gnädigen Herren muß: da freue ich mich
nur auf den Punsch, das ist ein herrlicher Soff! vortrefflich! — Ach! welch
ein Geschmack! — Doch zur Sache —
Ihr Nachbarn und Gevattern! (auf die
Schöppen und Aeltesten sehend, die von Tische aufstehen, und um ihn treten) es ist gut
daß

daß ihr alle da seyd, so dürft ihr nicht
noch kommen! Aus meiner weitläufti-
gen Vorrede, meinem Sermon, gült
gleich, wie ihrs nennen wollet! werdet
ihr die Veranlaßung zu meiner izigen
Gegenwart sattsam verstanden haben.
(man hört draußen abermal doppelt Juch haisa rufen) Ja, blöke du wie ein Kalb, oder
brülle wie ein Ochse, die Thüre ist ver-
schlossen! Claudite jam rivos pueri,
Sat prata biberant sagt iener Poet. —

Hanns Christel. Herr Gevatter
Schulz ich dächt' er gäbe es izt bey dem
Kärne kurz ehe wieder : : :

Der Schulze. Gevatter ich pfleg' es
aber, so zu halten! und es ist in unsern
Gerichten auch so üblich daß die Sache
durch einen kurzen Eingangs-Saz, oder
Vorrede angekleidet, oder der Termin
dadurch eröfnet wird. : : :

G   Ba-

Baſtian. Herr Gevatter! vergeße er seine Rede nicht: iſt das noch nicht genug zu einer kurzen Vorrede? Ich denke immer wenn die Kirmsbursche auf ihren Boden kommen und finden die Schenkmuſikanten drauf, ſo werden ſie ihm die Publicationsgebühren mit Nachdruck bezahlen ٭ ٭ ٭

Der Schulze. Ich werde freylich weils Kirmſe iſt, nicht die ganz Gemeinde zuſammen kommen laßen, es iſt ſo lärm und Getöſe genung: aber ſchon recht ſo! auf Kirmſen muß lärm ſeyn . . . Euch! nur euch! ihr Stüzen des Dorfs! euch ehrbaren Männern, werd ich Kraft meiner tragenden Würde, hier an dem öffentlichen Orte, den Inhalt meiner Papiere bekannt machen. Es ſagt ja ſo immer ein Nachbar dem andern gern etwas Neues! der ſagts dem, und der wieder dem, und wieder der dem? ſo

gehts wie ein Lauffeuer im Dorfe herum!
Und wer es nicht glauben will, der kann
in die Schenke gehen, und die Nase
selber ins Mandat stecken. (er nimt den
Huth ab, sezet die Brille auf, und erbricht
den Befehl, indem er die andern Papiere
auf den Tisch oder die Bank leget) Doch
ich will erst (indem er sich nach dem Schenkwirth umsiehet) einmal trinken, hab' ich
mich doch ganz durstig geredet! (zum
Schenckwirth, indem er nach dem Kruge
greift) Ich dachte Gergebernt hätte mich
etwa vergeßen?

Gergebernt. (mit einer ehrfurchtsvol-
len Mine) Nein! — wie könnt' ich meinen Herrn Schulzen, und meine Schuldigkeit vergeßen? —

Der Schulze. (gleichgültig) Bey dem
Kirmse-lärm wärs wohl kein Wunder
seine Schuldigkeit zu vergeßen? und in

die-

diesem Falle hätt' es auch nicht übel genommen! (indem er trinkt die Brille auf der Nase behaltend) Nun so will ich doch sehen wie heute das Kirmse Bier in der Schenke schmeckt!

Hanns Christel. Herr Gevatter die Brille! —

Der Schulze. (indem er den Krug absezt, fällt die Brille von der Nase in den Krug) liegt im Kruge! — Es ist auch eben kein Unglück! sie wird sich nicht ersäuffen! (er trinket das Bier aus, stürzet den Krug um in die Hand, sezet die Brille wieder auf, giebt den Krug dem Schenkwirth, stellet sich in Positur und lieset ab) Nachdem Hochadliche Thalbrunnische Obergerichte aus bewegenden höchst dringenden Ursachen, und zu Conservation der Unterthanen, sich bewogen gesehen: gleichwie in andern angränzenden Ländern,

dern, und Fürstenthümern schon gesche=
hen! die Frucht Sperre auch über die
Hochadlichen Thalbrunnenschen Ober=
Gerichts Ortschaften zu verhengen: und
alle Ausfuhre der Früchte an Auswär=
tige, unter was für Vorwande selbige
auch geschehen könnte gänzlich, und auf
das schärfste in Verbot zu legen; Als
wird - - -

Velten. (zu den Bauren am Tische) Da
habt ihr den Teufel — auch hier die
verdammte Sperre! Ich - - -

Der Schulze. (sehr ernsthaft) Stil=
le! — Velten der Actus muß ununter=
brochen vollendet werden -

Ein Bauer. (am Tische) Die Sperre
fehlte noch in unsern Dorfe: nun kann
uns der Edelmann - - -

Der Schulze. (boshaft: nimt die Bril=

le ab) Ich stehe an Statt unsers Gnädigen Herrn hier! — (indem er die Brille wieder aufsezet) Als wird von Hochadlichen Thalbrunnischen Ober Gerichts
wegen, der Ober Schultheis Plaudermaul (hier giebt er sich ein gewißes Air)
zu Nirgendheim, hierdurch, und Kraft
dieses befehliget, das sub A. befindli-
che emanirte hohe Mandat, gleich nach
Empfang dieses, und ohne Verzug,
loco consueto zu publiciren, auch zu
jedermanns Wißenschaft öffentlich zu
affigiren; wornach sich zu achten. Sig-
natum Thalbrunnen den 21ten November 177

Hochadl. Thalbr. Obergl. das

H. F. Sportelmacher mppria
Gerichtsverwalter.

Hanns Christel. Herr Gevatter
Schulze! nun darf man doch reden?
Heh?   Der

+. D

Der Schulze. O ja! — alles was ein ieder auf seinem Herzen hat: Nur heraus mit der Sprache!

Hanns Christel. Ich wollt' daß dem der Kopf versperrt worden, der den Rath zur Sperre den großen Herrn am ersten gegeben hat!

Bastian. Ich meyns auch so Herr Schulze!

Der Schulze. (indem er den Befehl zu seinen andern Schriften legt) Ihr Gevattern weil ihrs seyd! ich habe nichts gehört?

Bastian. Je nu! der Befehl ist ganz kurz, und wie drüber hinaus; es wird ja wohl so gar genau nicht gesucht werden? nicht wahr Herr Gevatter? heh?

Der Schulze. (geheimnißvoll) Im

Wer

Vertrauen Gevatter! weil Ihrs sepd;
das ist eine Intrigue, oder Manue,
wie mans nennen will, von unsern Gerichten: ich will aber nichts gesagt haben! es ist das eine Falle. — Die dummen Bauern glauben, wie ihr auch:
weil der Befehl so allgemein, und oben-
hin wäre, so hätts nicht gar viel zu bedeuten; darauf laß er sie sich gelüsten
und verfahren Früchte. — Nun ists
recht für die Gerichte: denn die erfahren alles! was der Gerichtsverwalter
selber nicht weis, das weis sein Schrei-
ber, der Actuarius! da sezt es alsdenn
brav Strafe: und noch mehr Kosten!

Konrad. Dem Dinge geb' ich Glauben; Es hat Grund! Ey! sehet doch
wie listig? wer solte daran gedenken?
Unser einer lernt doch nicht aus!

Ein Bauer. (auß Tische) Wer muß
aber

aber der Schelm im Dorfe seyn der es angiebt? dem solte man die Zunge aus: schneiden, daß er nicht reden, und den Daum abhauen daß er auch nicht schrei: ben könnte!

Der Schulze. Je nu! der Verräther schläft doch nicht. — Es ist auch ganz natürlich! ein Gerichtsverwalter muß einen verschlagenen Kopf, und List über List haben: wo von wolt' er sonst leben, und Staat führen können? Es gehört zum Handwerke!

Konrad. Aber ich dächt' unser Ge: richtsverwalter stünde sich so gut? — sieben Dörfer, und einen Herrn! er muß doch wirklich einen guten Dienst ha: ben? Heh?

Der Schulze. Je nu! so hat er ei: nen guten Dienst wie ich auch gesagt

habe! Es gehet ihm' aber auch wieder
was auf. Von unsern gnädigen Herrn
da wird er wenig, oder gar nichts haben! — Wir, c'est a dire, ich! und
die Bauren müßen ihn erhalten. Die
Kinder, Nachbar Konrad! die nehmen
wieder was weg; die Jungen können
nun schon Geld schmelzen: und die Tochter! er hat nur Eine! ein hübsch Mensch!
sie hat, wenn ihr sie kennet ihr Gevattern? ein bischen eine dicke Unterlippe.
— Der Lateiner sagt: noscitur ex la-
biis — doch ihr verstehet kein Latein?
es heißt so viel! man erkennet sie an der
Lippen. — Das Lottchen will auch Staat
machen! (er singt)

Wenn es kommt zu Meßenszeiten,
Wünscht sich Lottchen neu zu kleiden.
Eine Muff von Hahnenfeder,
Handschuh von gefärbten Leder.

Dieses

„Dieses braucht die große Welt:
Ey! was kost's ein Mädchen Geld?

(während dieser Arie siehet Velten
des Schulzens Papiere durch, er
findet darunter einen versiegelten
Handbrief an den Schulzen.)

Velten. (mit dem Briefe) Da werd
ich den Schatz noch gefunden haben? —
Das werden die geheimen Artikel seyn
wie die bey einem Friedensschluße? (er
giebt dem Schulzen den Brief) Herr Gevatter! noch etwas zu publiciren! —
noch ein versiegelter Handbrief: den pu-
blicir' er uns auch! Heh?
—

Der Schulze. (verwundernd über den
Brief) Er ist — (indem er den Brief hurtig erbricht) von unsern Gerichtsverwalter! (und indem er nach dem Nahmen siehet)
Ja, ja! er ist von ihm. (er liest laut)

Mein

Mein Freund!

Was ich heute durch unsern Gerichts-
Frohn, Stylo curiae verfaßet Amtswegen an ihn übermache, bitte so bald
als möglich, und ja heute noch zu expe-
diren! auch alsdenn mit der größten,
und seinem sonstigen Diensteifer ange-
meßenen Aufmerksamkeit zu invigiliren,
ob iemand sich auf dem verbotenen Wege betreten läßt? — In diesem Falle
geb' er mir hurtig Nachricht davon. —
Wohlbedächtig! und freundschaftlich er-
innre seine Pflicht zu beobachten, und
zu bedenken: — daß diese höchstlöbliche
Früchtsperre, mir und ihme Herr Schul-
zet beträchtlich eintragen wird. — Ich
kann nicht bergen! und meld' es ihm
als einen Beweis, wie sehr ich meiner
Pflicht eingedenk bin, daß ich schon zum
Voraus gearbeitet habe. Die Rubric
zu diesen Untersuchungs-Acten ist schon
                                    gemacht:

gemacht: ich lese sie mit Vergnügen! Sie lautet: Acta die übertretenen Frucht-Sperr Befehle betreffend: contra, et caetera. Ich bin übrigens meines Freundes

aufrichtiger

Sportelmacher, mppria.

Konrad. Hm, hm! ♪ ♪ ♪

Der Schulze. (für sich) Auch ein Superfluum! (den Kopf schüttelnd) Das verstehet sich von selbst! daß ich so klug auch bin; Ich müßte das Handwerk nicht verstehen, wenn ich nicht aufmerksam seyn wollte? (zu den Schöppen, und Aeltesten) Der Brief ihr Nachbarn und Gevattern! erläutert, was ich wegen der Intrigue, und Falle oben beliebte zu gedenken! — Ich muß den Actum vollenden! — (indem er die Papiere ergreift, ruft er den Flurschützen) He! Steffen, he!

Drit-

Dritter Auftritt.
Die Vorigen, Steffen.

Steffen. (mit einem langen Spies, und der Hacke im Gürtel, als er zur Thüre herein tritt) Was ist zu Befehl mein Herr Schulze?

Der Schulze. (mit einer großen Mine) Etwas zu Affigiren! (er giebt ihm den Handbrief) Unrecht! — (indem er ihm den Brief wieder aus der Hand reißt) Das dürfen nicht alle Narren lesen! Hier das (indem er ihm das Mandat giebt) Wenn man den Kopf so voll hat: (mit einer Amts-Mine) Veste genagelt!

Steffen. Sehr wohl! (er thut den Huth ab: schlägt das Mandat an, und gehet ab; der Schulze setzt die Brille auf und siehet zu wie Steffen die Nägel mit der Hacke einschlägt)

Veb

Velten. (unterdeßen da der Schulze das
Mandat anschlagen läßt, und nicht auf die
Reden zu hören scheinet: zu den übrigen)
Wenn das Urtheil solte volstreckt werden, das der Nachbar dort am Tische
demjenigen zuerkannte, der als ein Dorf-
verräther erfunden würde, so fürcht'
ich leider! es würde unsern Schulzen
betreffen? Ha, ha, ha!

Konrad. Wenigstens die Zunge!
(indem der Schulze wieder auf sie zukommt;
und seine Brille, und Schriften einpacket)
A propos Herr Schulze! was ist Punsch
für ein Getränk! davon er uns so viel
Rühmens, und das Maul wäßernd gemacht hat; Wovon wird er gebrauet?
das Sachen mögt ich kösten! Heß?

Der Schulze. Nachbar Konrad!
das weis ich wohl, und sag' es noch
einmal daß Punsch gar ein herrlicher
Soff

Soff ist: und er muß es auch seyn,
weil ihn unser Gerichts-Herr so gerne
saüft? — und den Proceß wie er getrunken wird: wenn er getrunken wird:
daß er gut schmeckt: alles das weis ich!
ob er aber gekocht, oder gebraten, und
wovon er gemacht wird, das weis ich,
alles nicht?

Konrad. Nicht!

Der Schulze. Ich habe mit allem
Fleiße nicht darnach fragen mögen: denn
wer viel fraget, der giebt sich gar zu
bloß, und seine Unwißenheit zu erkennen. — In der Küche wird er wohl
gemacht werden? denn den Bediente
bringt ihn allemahl in einem großen De-
ckelnapf getragen, und ein Kellchen von
Silber dazu, zum eitschenken in die
Gläser.

Konrad. So? und das Kellchen muß von Silber seyn?

Der Schulze. Je wir, Nachbar Konrad! wolten den Napf schon mit dem Kochlöfel ausleeren, und solt uns doch gut schmecken; die vornehmen leute wollen immer was besonders haben: damit wollen sie zeigen daß sie mehr sind als der Bauer.

Hanns Christel. (zum Schulzen) Wenn der Punsch aus der Küche kommt so muß es wohl ein warmes Getränke seyn? Herr Gevatter? Heh?

Der Schulze. Je freylich wohl wird er warm seyn! wenn der gnädige Herr den Deckel abnimmt o! wie dampft und raucht es da nicht aus dem Napfe? die größte Kirmseschüssel voll Sauerkraut und Schweinefleisch kann so gut nicht riechen, und dampfen? Wenn ich Punsch

kochen könnte so würd' ich mein halbes
Vermögen versaufen: gleich izt gäb' ich
meine heutigen Publicationsgebühren
drum, wenn ich unsers gnädigen Herrn
seinen Napf voll Punsch hier hätte!

(er singt)

Punsch schmeckt sehr gut!
Punsch macht gut Blut!
O! wenn ich Punsch nur sehe,
Regt sich allein:
Herz, Muth und Bein
Punsch! oder ich vergehe.

Hanns Christel. Herr Gevatter
Schulze! noch was zu gedenken: Was
drückt denn der Gedanke in dem uns pu=
blicirten Befehle eigentlich aus? wenn
es heißt: Aus bewegenden Ursachen:
Heh?

Der Schulze. Es ist so etwas ge=
sagt: (nach einer kurzen Ueberlegung) es
gezie=

geziemet uns nicht Gevatter! über großer Herrn Gedanken zu urtheilen: wer
kann der hohen und gelehrten Leute Gedanken, Worte und Werke auslegen?
wir müßen thun was Sie befehlen: und
glauben was Sie sagen.   Der Glaube
thut gar viel Gevatter! Es kann auch
des Wohlklangs wegen also gesezt seyn:
es ist ein sehr gewöhnlicher Ausdruck in
Gerichten! so heißt es gar vielmal in
den Gerichts Bescheiden: und sind aus
bewegenden Ursachen die Kosten com-
pensirt worden!

Velten. Was weißt du nun Hanns
Christel? — Heh?

Hanns Christel. Ich?

Velten. Ja.

Hanns Christel.   Was du weißt
Velten!

H 2 Arie,

Arie.

Wie gut weis sich der Schulz zu finden,
Wer kann alle die List ergründen,
    Die man in den Gerichten hat?
Viel Prunk! von Recht und Billig sprechen,
Wird Ihre Einnahm niemals schwächen?
    Sie kriegen nie der Sporteln satt.

Trink Velten nur: und laß uns trinken
Bis wir besoffen niedersinken;
    Beßer hier alles Geld verzehrt!
Als sich von Schulzen laßen fragen,
Das ist sein Wunsch und sein Verlang!
    So wird Er, und das Recht ernährt!

Alle.

Es mögen die Bauren sich raufen und
        schlagen,
    Wir trinken nur immer hier Bier!
Sie mögen sich in den Gerichten ver-
        klagen:
    Wir trinken, wir zechen nur hier.

Vier-

Vierter Auftritt.

Velten. Hanns Christel. Bastian.
Konrad, gehen nach ihrem Tische und
sezen sich. Die Drey Bauern, am andern Tische; so während dieser Auftrit-
te bald trinken, bald geheim mit einan-
ander reden, auch unterweilen dem
Schulzen Gesichter machen. Der
Schulze, Gergebernt in
der Folge.

Velten.
Hanns Chr.
Bastian.
Konrad. } (zugleich, indem sie sich se-
zen ziehen sie die Hüthe ge-
gen die drey Bauren ab)
Mit Erlaubniß!

Die Drey Bauern. (zugleich die auch
die Hüthe abziehen) Willkommen!

(indeßen, daß der Schulze redt, scheinen die Schöppen und Aeltesten geheim
zu reden.)

H 3

Der

Der Schulze. (trägt einen Stul mit:
ten in die Stube und sezt sich) Nach gethä:
ner Arbeit ist gut ruhen! — nun will
ich mir aber auch etliche Kännchen Bier
auf die Gesundheit meiner Kirmse Gä:
ste trinken, sie mögens auch thun: und
wenn sies so gut wie ich haben wollen,
so können sie hieher kommen; in der
Schenke ists doch beßer. (Er ruft) Ger:
gebernt, eine Kanne Bier!

    (Hier machen die drey Bauren, auch
    die Schöppen und Altesten an den
    Tischen ein allgemeines Lärmen und
    Getöse: einer ruft: Herr Wirth!
    Bier! ein anderer: Ein Glas Bran:
    dewein, Gergebernt! und klappern
    auch während diesem vielem Ge:
    schrey mit den Kannen, und Krü
    gen.)

Gergebernt. (mit zwey Schleifkannen,
sehr geschäfttg) Gedult! — Gedult! mei:
ne Herren! — Immer einer nach den
andern: muß doch wohl manchmal ein

großer

großer Herr warten bis — an ihn
komnt — ich habe nur zwey Hände!
(indeßen er einschenkt und es auf die Erde sezt)
Erst kriegt der Schulze; und denn dur-
stet mich auch mitunter: weil das Bier
so gut abgehet muß ich auch einmal trinken eh's alle wird! (er trinkt aus der
Schleifkanne: darauf gehet das Lärmen, Ru-
sen, und Klappern wie vorhin wieder an)
Gleich, gleich! (er schenckt an den Tischen
ein)

Der Schulze. (lachend) Ha, ha, ha,
ha! Izt regt sich die Kirmse; Bravo!
sagt der Franzose: schwärmt zu ihr Nachbarn! Recht lärm! so macht ihr der
Kirmse Ehre. (bey Seite) Ich muß nur
ein bischen anregen wie ein Officier in
Bataille. — Nu, Gergebernt! Krieg
ich bald Bier?

Gergebernt. (nach dem Kruge sprin-
    H 4   gend)

gend) Hier, mein Herr Schulze! (indem
er ihn hinreichet) Mit dem Mann darf
ichs nicht verderben. —

Der Schulze. (will zugreifen, ziehet
aber die Hand zurücke) Nu, pros't einmal, Gergebernt! trinkt her!

Gergebernt. (die Achseln zuckend)
Wenns erlaubt ist Herr Schulze?

Der Schulze. (sehr lebhaft) Auf
Kirmsen ist alles erlaubet; Kirms Freyheit! heute dürst ihr mit mir trinken. —

Gergebernt. (trinkt) Er lebe! Herr
Schulze.

Der Schulze, (während des Trinkens)
Das heißt angehalten! ich gehe doch
auch keinen bösen Kerl, was das Sauffen anbelangt aus dem Wege; der aber
übertrifft mich weit.

Gerge-

Gergeberne. Wenn man trinkt muß man hart trinken! (mit einem tiefen Athemzuge) Aha! — glücklich reine heraus geholt! (er kehrt den Krug um) Es hangt aneinander wie Bindfaden. (indem er den Krug den Schulzen reicht) Da! —

Der Schulze. leer den Krug?

Gergeberne. (geschwinde nach der Schleifkanne) Heute nichts übel genommen Herr Schulze! den Kopf voll Lärm, und den Bauch voll Bier: das macht den Fehler! (er bringt zwey Schleifkannen und zwey kleine Kannen, sezt sie um den Schulzen: und giebt ihm den Krug nachdem er eingeschenkt in die Hand) Ich muß mich bey ihm ein bischen in Vorrath sezen: sonst hätt' ich nicht Zeit auch einmal zu trinken; nun wird er ja eine halbe Stunde satt haben! — (Er tritt vor den Schulzen und singt)

Dem Mann' muß ich recht aufwarten,
Denn er spielt nicht in der Karten:
Bier! das ist sein Zeitvertreib;
Das macht ihm den schönen Leib!
Wenn er täglich so Sechs Kannen
Und Drey Nösel Brandt'wein hat:
O! so geht er gleich von dannen,
So ist er von Herzen satt!

> (Hierauf wird wieder Lärmen
> wie vorhin an den Tischen: nach
> Bier, Toback, und Brandtwein
> schreyend; auch wird mit den
> Kannen und Krügen geklappert)

Mit Erlaubniß Herr Schulze? (indem
er nach der Schleifkanne greift) Es gehet
wieder an: sie haben schon ausgesoffen!
hört er den Lärm? —

Der Schulze. Die Kirmse hebt sich
Bravo ihr Nachbarn! das hör' ich gerne! Recht so! Recht! (zum Wirth der
noch an den Tischen mit Einschenken beschäftiget ist) Hurtig Gergebernt! hierher,

und

und mir auch eingeschenkt! (indem er trinken will) Ich habe gute Vorgänger die machen Appetit.

Gergebernt. Ha! izt fällt mir was ein! ich will meine Frau zu Hülffe ru- fen; Der Henker mögt' die Arbeit allein ausstehen! bis nach Mitternacht einge- schenkt und getrunken: und in Bette sollt' ich auch etwa wieder arbeiten? Sie kann herben gehen! schont sie mich doch auch nicht! wer nicht schont wird. wie- der nicht geschont. He Frau! geschwin- de — Annliese herein; — izt gilts! (er schenkt dem Schulzen ein)

Fünfter Auftritt.
Die Vorigen. Annliese.

Annliese. (noch draußen) Nu! was verführest du für einen Lärm? : : :

Gergebernt. (ernsthaft) Ich sage izt
gilts

gilts! geh' von der Stelle Frau! wo
hat dich der Teufel?

Annliese. (indem sie vollends herein tritt)
Ich bin ja schon da! Wozu brauchst
du mich?

Gergebernt. (mit der Schleifkanne)
Wozu ich dich brauche? das will ich dir
gleich weisen, ein andermal brauch ich
dich auch wozu anders.   Izt sollt du
mir hier in meinem beschwerlichen Amte
beystehen: ich habe mich ganz aus dem
Athem getrunken, und eingeschenkt! die
Kerl sauffen bis auf den Schulzen wie
die Bürstenbinder — Da!

Annlise.   Das dacht ich wohl!

Gergebernt. Ach, Trinken sollt du
nicht für mich! das will ich schon selber
thun: Einschenken sollt du nur für mich!

(da

(da er ihr noch immer die Schleif-Kanne vorhält) Nu! greif nur dreiste zu! (sie will
nach dem Griffe greiffen) So nimm doch
den Halß in die Hand! — du kanst
doch sonst derb anpacken? diese Nacht
will ich dir auch noch was anders in
die Hand geben. —

Ännliese. (die die Hand abermals zurücke zieht) Je so schwaz! — das wird
auch was rechtes seyn? — Was du einen giebst, daran kann man sich schon
laben! —

Gergebernt. Je verflucht! (es wird an
den Tischen mit der Känne geklappert) Horch!
dort giebts wieder was zu verdienen:
(indem er ihr die Kanne nochmals vorhält)
Pack an! — (als sie zugreift) So! —
nun schenk uns nur fleißig ein; ich will
schon fleißig trinken, und auch mitunter
die Zechen besorgen, und fleißig an-
schrei-

schreiben. (heftig) Aber ein andermal
wenn ich rufe! — (doch gleich wieder nach-
laßend) Was haft du vor der Thüre gesehen? —

Annliese. Ich gesehen? Mehr wie
hier!

Gergebernt, (ernsthaft) Und was?

Annlise. (gleichgültig) Wenns sonst
nichts war, was ich hier soll? so wolt'
ich daß ich noch draußen wär'! Ich habe unsere zwey Pfarr Jungfern gesehen,
die führten zween Herren; Minchen hatte sich recht gepuzet; sie giengen eben
in die Freuden Gaße.

Dort sah die Jungfern ganz von ferne,
Mit Stuzern fein spazieren gehn:
Vergnügensvoll hätt' ich recht gerne,
Den ganzen Tag noch nachgesehn.

Wie

Wie niedlich waren ihre Köpfe
Frisirt, und angepuzet sie!
Sonst sehn sie wie die alten Töpfe
Alltäglich sieht man sie so nie. —

Ein art'ger Herr der ziert ein Mädchen
Wenn er sie führend, mit ihr geht:
Man sieht es klar an Schulzens Kätchen,
Wenn Junker Frize — bey ihr steht.

Es machen doch die schönen Kleider
Die Schönheit eines Menschen aus.
Ich armes Thier ich habe leider!
Kein'n ganzen Faden mehr im Hauß'.

Mein Gergen der versäuffet lieber
Mit seiner Kameraden Chor,
Den lezten Rock: und red' ich drüber!
Patsch! krieg ich eine an das Ohr;

Puff! wieder eine auf den Rücken
Und darf nicht Ach! noch Auweh schreyn!
Ich glaub' er schlüge mich in Stücken?
Je ja! da kann man sich schon freu'n.

Wer

Wer so begabt ist mit dem Manne
Wie ich! die kann zufrieden seyn;
Ich armes Thier! ich arme Anne!
Nun schlief ich wieder gern allein! —

Gergebernt. Die kann wie ein Buch reden: Je ja, doch, wers auch glaubte! Du riechst am Tage so heilig wie ein Jesuite; umgekehrt! Ha ha ha ha! Nu schenk nur ein! vergiß den Schulzen nicht! (indem er sich zum Schulzen wendet, der noch immer auf dem Stuhle sizt, und mit unter trinkt) Zween Herren! die Schöcker laufen mit den Menschern im Dorfe herum, und hat doch keiner die Courage; ohnerachtet sie das Zeichen ihrer Herzhaftigkeit über dem Kopfe ihres Huths tragen — in die Schenke zu gehen, und eine Kanne Bier zu bezahlen. — Die Neubegierde der Weiber! Was soll ich au so gepuzten Gauckel-

Nuzen

männern sehen? — Was mir keinen Nuzen bringt darnach seh' ich nicht!

Annliese, (nachdem sie eingeschenkt hat, und die Kanne wieder neben den Schulzen sezt) Du auch! (und indem sie abgehet) Wenn es eine Schleifkanne voll Bier wäre?

Gergebernt. Du warte! — komm nur ins Bette — da ....

Annlise. (draußen) Davor fürcht' ich mich auch nicht!

Der Schulze. Hehehe! daß die Weiber doch so gerne das letzte Wort haben — Sie gehet wieder fort! entweder die Jungfern oder die Herren die vorbey gegangen sind haben ihr gefallen? — Es werden Kirmse Gäste seyn die da Spazieren gegangen? unser Magister soll das Hauß voll haben? —

J   Ger-

Gergebernt. (wie Geheimnisvoll: mit gedämpfter Stimme, doch daß es die Zuschauer hören können) Die Kirmse wird ihm auch schon was kosten? Ich weiß seine Umstände nicht genau; Herr Schulze! er weis ja wohl ob er Vermögen hat?

Der Schulze. (auch mit etwas gedämpfter Stimme) Vermögen? Was die Priester mehrentheils haben! Kinder und Bücher, ist ihr größter Reichthum! — Und unser hat izt ein Hauß voll Kirmse Gäste. —

Gergebernt. (wieder laut) Seine Confratres von den umliegenden Dörfern werden wohl den meisten Theil seiner Gäste ausmachen; — Ich habe niemanden als die vorgedachten Schöcker gesehen, die etlichemal wie Spanier hier vorbey gegangen: und ohnerachtet

ter

tet allezeit groß lärm war — haben sie
doch die Schenke nicht angesehen. —

Der Schulze. Laßt sie bleiben wo sie
sind! — beßer draußen geblieben. Ich
habe nur von weiten gehört daß Kirmse Gäste aus der Stadt die Bedienungen bey Hofe haben, bey unsern Magister seyn sollen. Das werden die seyn die
die Jungfern im Dorfe herum führen?—

Gergebernt. (der ihn unterbricht).
Recht Herr Schulze! ganz gewiß sie
sind es! — Ihrem Anzuge nach müs-
sen sie schon große Bedienungen haben — Der eine hat auch einen großen
Titel — Minchen nennte den der sie
führte: Herr Accessiste.—

Der Schulze. Herr Accessiste! ihr
tummen Teufel! — Sprecht doch nicht
so in die Welt hinein, Nachbar.

Gergebernt. Ja, ja! sag ich, ihm
ich hab' ihn zweymal so nennen gehöret.

Der Schulze. Wo denn?

Gergebernt. Je da wolten sie bey
der Enge Gaße über den Fahrweg gehen, unser einer würde gerade durch-
gegangengen seyn, aber wie die vornehmen Leute immer gerne so was Gezier-
tes oder Zärtliches an sich haben: so
wolt' auch die große Pfarr-Jungfer alle verzwazeln als sie ein Bißel in eine
Pfüze trat ——

Da bot der Herr ihr seine Hand-
Sie aus dem Koth zu ziehen;
Drauf sprach sie zu ihm sehr galant:
Wenn ich sie darf bemühen?
So komm ich drüber nicht; nein, nein!
Das würde garnicht möglich seyn.
Sie sind der Helfer mein.

Damit

Damit gieng die Reise los! und da sie
durch war: nach wurden ihm erst Com-
plimenten geschnitten; da sind die Bauer Kerl und Bauer Mädchen Schöpse
dagegen!

(Er singt mit zweyerley Stimmen)

Sind sie mein allerliebstes Kind
Auch etwa falsch gesprungen?
O, nein! es gieng als wie der Wind,
Der Sprung ist mir gelungen!
Herr Accessist ich danke Sie!
Herr Accessist ich gebe nie,
Mein Herz iemand als Sie!

Was sie weiter für Sperenzien gemacht
darum habe mich nicht bekümmert; das
Mäulchen gieng so für wie eine Brechs:
es war ein gewaltig gethut mirs doch
unter den beyden Leuten! Je ja! das
Weibsvolk! wenn sie nur Mümstelke
bey sich haben, ich mögte mur wissen!

J 3   Doch

Doch die Mädchen sind geschaffen
Um bey einem Mann zu schlaffen;
Manche wünscht sich einen Mann
Da hengt ihr Vergnügen dran!
Solt er auch zween Buckel haben?
Ja, gar ein Pygmäus seyn!
Für sie hat er schöne Gaben,
Sie liebt ihn doch nicht allein!

Der Schulze. He he he! Der weiß
doch ziemlich wo die Kaze im Heu liegt!
Ich hätte die Schöckerey selbst mit ansehen mögen.

Gergebernt. Der Durst trieb mich
in die Stube; ich dachte: von dem Zusehen kriegst du nichts in Bauch, du
wilst lieber eine Kanne Bier trinken,
und mit unter deinen Gästen aufwarten
das bringt doch was ein! —

Der Schulze. Also wird der andere
auch kein geheimer Rath sondern auch
höch-

höchste ein Herr Cancellist seyn?
denn gleich und gleich gesellet sich gerne: das sind nur kleine Kneffer! oder
wie ihr sagt Schöcker, die können uns
nicht viel schaden! Doch Hofleuten ist
überhaupt nicht zu trauen! auch diese
können wegbleiben; wenn sie izt die
Kirmse Wirthschaft in der Schenke mit
ansehen solten, würden sie nicht denken;
was für ein herrlich Leben ist doch das
Bauer Leben? Sie forschen und fragen
nach allem: und hernach sagen sie was
sie wißen und nicht sagen solten; aber
man muß ihnen auch nur sagen was sie
wißen sollen. Ich rede aus der Erfahrung! ich weiß wie sie mirs machen
wenn ich aufs Schloß komme; dort ist
die Gallerie so voller Hofleute daß immer einer gegen den andern lauft. Ich
mögte nur wißen — die gewaltigen
Verrichtungen mögt' ich wißen? immer

Durch eine Thür in die andere wird ge-
sprengt; sie laufen — sie laufen wie die
Ameisen durch einander! In unsern Gerichten ist doch auch vollauf zu thun:
da ist aber ein solches Rennen nicht; die
sizen und Schmieren, da ist es so stille
daß man einen Floh husten hören könnte. Wenn sie mich erblicken kommen sie
auf mich zu, sie sind so Neubegierig wie
ein altes Weib: und so höflich, so Mit-
leidend können sie sich stellen, und solche
Versprechungen können sie machen man
solte gar nicht glauben daß ein solcher
Schalk, und ein solch falsches Herz unter ihren beblechten Kleidern — und
solche List in den gepuderten Köpfen —
wäre! Sie fragen: mein guter Schulze wie gehts? was macht eure Gemeinde? habt ihr eine gute Ernte gethan,
und wird es dies Jahr beßer werden?
so theuer kann es doch nicht bleiben?

Was

Was habt ihr auf den Morgen oder Aker gebunden? — giebt es brav ins Maas? giebt es auch Obst? was macht die Viehzucht? Ey die Butter, und überhaupt alle Vivres sind hier entsez: lich theuer gewesen? habt ihr auch Schweine? Gänse — und ander Feder Vieh? — kann man nichts von derglei: chen Lebensmitteln um Geld und gute Worte von ihm bekommen? — Nennt Ihr das Gergebernt nicht viel gefragt? und hab' ich nicht genug zu antworten? Heh?

Gergebernt. So viel könnt' ich in Jahr und Tag nicht fragen und beant: worten! Nu, aber was antwortet er? Herr Schulze! sagt er die Wahrheit? Heh?

Der Schulze. Wahrheit? Ha, ha ha! bald kein Wort Wahrheit! zlügen! er

lauter Lügen! — und so große Lügen
— so groß — als ihre — Falschheit
sag’ ich ihnen. Wenn ich nun alles
jämmerlich und recht erbärmlich beschrie-
ben, und den kümmerlichen Zustand des
Bauerlebens mit dem besten Pinsel ge-
malet und gebildet habe: denn, o denn!
solt’t ihr das Mitleiden, das Bedau-
ren, das Beklagen aus dem heuchleri-
schen Herzen dieser Höflinge gleich einem rauschenden Wasserfalle fließen hören. Ey! sagen sie: das hör’ ich nicht
gerne! das thut mir leid! das beklag’
ich sehr daß die armen Leute unter den
Umständen leben müßen! Es ist wahr!
die armen Bauern! man hat schon viele
Betrachtungen drüber angestellt! man
solte gar nicht meynen daß sie das ausstehen! wie sie die vielen Gaben geben?
wie sie leben können? — Nu, ich werde Gelegenheit nehmen beym Herzoge
davon

davon zu sprechen! Leb' er indeßen wohl Herr Schulze! bey diesem Lebewohl da bleibts: und mit diesem Lebewohl ist auch alles wieder vergeßen; es denkt keiner mit einem Gedanken wieder an uns! auser wenn sie uns Execution zuschicken.

Gergebernt. Keiner! ists möglich keiner sagts dem Herzoge? Ey, ey! die Versprechungen!

Der Schulze. Je nu! sie werden wohl so viel mit dem Herzoge zu reden kommen wie ich — denn da kan man nicht so gleich zulaufen wie hier in die Schenke: wenn man da so gerade zugeben könnte, so wolt' ich auch mit ihm sprechen; lieber mit dem Herzoge als mit seinen Räthen! Er fraget nach allem, er will alles gar genau und aus dem Grunde wißen; ich wolt
ihm

ihm aber auch die Wahrheit sagen. Er läßt sich auch nichts vor schwazen, wenn er nicht Gründe vor sich hat die überführend sind, so glaubt er nicht so gerade weg. Er hat seine Grö ße schon gezeigt! Ich bin ihm gut! nicht alleine gut: sondern ordentlich von ihm eingenommen bin ich. Er hat das Ar chiv des Verstandes im Kopfe: es ist ein Herr der selber regiert. —

Gergebernt. Werd' ich doch dem Herzog auf einmal selbst gut ob ich ihn schon nicht kenne, wenn ihm nur seit Bier den Nachmittag so gut schmeckt wie uns Herr Schulze! Ich glaube wenn er hier auf unserer Kirmse wäre er tränke mit uns wie Kaiser Carl der Vte mit den Holländern. — Doch, wenn aber der Herzog so große Eigenschaften selbst besitzt, was wollte be ihm darzich

Schulze noch für Wahrheiten sagen und entdecken können? Heh?

Der Schulze. O ho! ich wolte dem Herzöge doch etwas sagen was er nicht weiß, und nicht wißen kann.

Gergebernt. Verzweifelt! der Mann bildet sich viel auf seine Wißenschaft ein. (bey Seite) Der will kluge Leute noch klüger machen.

Der Schulze. Ja, ja! sag' ich euch Gergebernt; es ist mein Ernst! Wenn man etwas auf die Handlungen und Beschäftigungen der Menschen acht giebt, so siehet man gleich wozu ein jeder geneigt ist; und ob ers mit Vergnügen und zu seiner Lust thut, seine Umstände dadurch zu verbessern, und zugleich der Welt nützlich zu seyn; oder ob ers nur, weil es darüber geschworen

Schafte　　　　　　　　　dieses

dieses oder jenes zu thun, und weil er
dafür, daß er's thut bezahlt wird. Ich
wolte dem Herzog also sagen daß in seinem Lande Leute sind, die in allen Theilen der Wißenschaften, auch die galanten Wißenschaften nicht ausgenommen,
sich auf eine geschickte Art umgesehen:
mit alle dem Geschicke ausgerüstet, was
zu Eröfnung eines gelehrten Feldzuges
erforderlich ist! Die eben so kühn als
vernünftig sind, solche Entwürfe zu machen, und selbige auszuführen wißen,
die denenjenigen die Waage halten die
der muthige Sohn Philipps aus Mace-
donien gemacht hat. Daß, wenn er
auch noch ein Land occupiren solte, das
nach Verhältnis des Ullstern noch so
groß wären, und aus lauter Idioten be-
stünde, er zwar alle Posten, und öffentliche
Bedienungen damit besezen, und verwalten laßen könnte ohne ihnen Ausländer

vorzuziehen. — Und daß dieses Leute sind
die meistens von den Ihrigen leben;
nicht wirklich in seinen Diensten stehen,
und für ihre patriotischen Gesinnungen
nicht bezahlt werden; und nur deswegen
nicht in Diensten sind, weil sie sich in die
handgreifliche Kunst hohe Patrons zu
verschaffen nicht zu schicken wißen — oder
auch aus Caprice sich nicht dazu schicken
wollen. — Dem allen ohnerachtet sich
doch glücklich schäzen in einem Lande,
unter dem Schuze eines so weisen, so
vernünftigen, so gnädigen Fürsten zu
wohnen. — Wenn auch der Herzog
nicht so neugierig wäre diese Leute kennen zu lernen! so müst' es doch gewiß
Ihn freuen sich als einen solchen Landes-
vater gebildet zu sehen der nicht aus
Furcht, sondern aus Ueberzeugung seiner
Größe — seiner vernünftigen und hol-

den

den Gedenkungsart verehret und geliebet wird.

> (indem der Schulze anfängt mit sin-
> gen stehen alle die an den Tischen
> sizen auf, treten um ihn und hören
> zu; er stehet auch auf, der Schenk-
> wirth sezt den Stuhl weg)

Wenn mich ein solcher Herzog schüzt
Schlaf ich ganz ohne Sorgen!
Und wenns auch donnert wenns auch blizt
Kommt doch ein heit'rer Morgen!

Und wer nicht diesen Herzog liebt,
Der thut wie ein Halunke.
Der nichts als lauter Tugend übt,
Hält nichts von eiteln Prunke.

Wer wollte nicht sein Guth und Blut
Für diesen Fürsten geben.
Der nichts als Wohl im Lande thut,
Trinkt mit! hoch soll Er leben!

> (hierauf wird ein allgemeines Vivat
> Geschrey und Jauchzen. Die Bau-
> ren, Schöppen und Aeltesten laufen
> nach

nach ihren Trinckgeschirren: der
Schulze nimmt den Krug Gergebernt ergreift die Schleifkanne)

Alle. Ja das trinken wir alle mit!
Vivat er lebe! Juch Haisa Hoch!

Der Schulze. Nú, nu, nur auch
nicht gar zu tumultuarisch! fein ehrer-
bietig gegen einen solchen Herrn.

Gergebernt. (mit der Schleifkanne)
Ich mache dem Herzoge doch die meiste
Ehre!

Ein Bauer. (indem er den Huth abzie-
het und mit dem Schenkwirthe anstoßt)
Pros't Herr Gnaden! Vivat hoch!: : :

Gergebernt. (der ihn unterbricht) Du
tummer Dorf-Teufel! Vivat Herr
Durlaucht must du sagen! Nú trinkt!
trinkt Kinder! mich durst! (er trinkt aus
der Schleifkanne, die übrigen trinken alle mit)

:: 			K			Alle.

Alle. (nachdem sie getrunken) Vivat der Herzog! unser bester Herzog (sie werfen die Hüthe empor) Vivat hoch! (unter diesen Geschrey gehen die Bauren, auch die Schöppen nnd Aeltesten ab).

Sechster Auftritt.

Der Schulze. Gergebernt. Pflaster.

Pflaster. Zwey halbe Nößel Brantewein, Gergebernt!

Gergebernt. Gleich! (indem er darnach gehen will) Wohl Viere.

Der Schulze. (ergreift den Stuhl wieder und stellt ihn an vorigen Ort: indem der Schenkwirth mit einer Flasche Brandtwein kommt) Mit Erlaubnis Herr Gergebernt! man darf sich doch bey euch nievrerlaßen? Künftig sezt mir den Stuhl ohne meinen Befehl nicht weg! (indem er er sich sezt) Eine übertriebene Höflichkeit taugt auch nichts.

Gergebernt. (bey Seite) Schon wieder nicht recht! das ist ein verteufelter Mann; der sollte ein großer Herr seyn (zum Schulzen) Ich glaubte weil der Herr Schulze aufgestanden wäre, müst' ich auch den Stuhl wegziehen.

Der Schulze. Es versteht sich, wenn man die Gesundheit eines großen Herren trinkt daß man aufstehen muß! aber es folgt nicht, daß man sich nicht wieder sezen darf! Habt ihr denn niemals wenn es die Umstände eben erfordert etwas im Stehen gethan — und euch darauf wieder gesezt?

Gergebernt. (in der einen Hand die Brandtewein Flasche, und mit der andern die Kannen wie vorher um den Schulzen mit vie-

durch eine Thür in die andere wird ge-
ſprengt; ſie laufen — ſie laufen wie die
Ameiſen durch einander! In unſern Gerichten iſt doch auch vollauf zu thun:
da iſt aber ein ſolches Rennen nicht; die
ſizen und Schmieren, da iſt es ſo ſtille
daß man einen Floh huſten hören könnte! Wenn ſie mich erblicken kommen ſie
auf mich zu, ſie ſind ſo Neubegierig wie
ein altes Weib: und ſo höflich, ſo Mit-
leidend können ſie ſich ſtellen, und ſolche
Verſprechungen können ſie machen man
ſolte gar nicht glauben daß ein ſolcher
Schalk, und ein ſolch falſches Herz unter ihren beblechten Kleidern — und
ſolche Liſt in den gepuderten Köpfen —
wäre! Sie fragen: mein auter Schulze wie gehts? was macht eure Gemeinde? habt ihr eine gute Ernte gethan,
und wird es dies Jahr beßer werden?
ſo thauer kann es doch nicht bleiben?

Was

Was habt ihr auf den Morgen oder
Acker gebunden? — giebt es brav ins
Maas? giebt es auch Obst? was macht
die Viehzucht? Ey die Butter, und
überhaupt alle Vivres sind hier entsez-
lich theuer gewesen? habt ihr auch
Schweine? Gänse — und ander Feder
Vieh? — kann man nichts von dergleichen Lebensmitteln um Geld und gute
Worte von ihm bekommen? — Nennt
ihr das Gergebernt nicht viel gefragt?
und hab' ich nicht genug zu antworten?
Heh?

Gergebernt. So viel könnt' ich in
Jahr und Tag nicht fragen und beant-
worten! Nu, aber was antwortet er?
Herr Schulze! sagt er die Wahrheit?
Heh?

Der Schulze. Wahrheit? Ha ha
haha! kein Wort Wahrheit! lügen! —
J 5   lauter

lauter Lügen! — und, so große Lügen
— so groß — als ihre — Falschheit
sag' ich ihnen. Wenn ich nun alles
jämmerlich und recht erbärmlich beschrie-
ben, und den kümmerlichen Zustand des
Bauerlebens mit dem besten Pinsel ge-
malet und gebildet habe: denn, o denn!
sollt' ihr das Mitleiden, das Bedau-
ren, das Beklagen aus dem heuchleri-
schen Herzen dieser Höflinge gleich einem rauschenden Wasserfalle fließen hören. Ey! sagen sie: das hör' ich nicht
gerne! das thut mir leid! das beklag'
ich sehr daß die armen Leute unter den
Umständen leben müßen! Es ist wahr!
die armen Bauern! man hat schon viele
Betrachtungen drüber angestellt! man
sollte gar nicht meynnen daß sie das ausstehen! wie sie die vielen Gaben geben?
wie sie leben können? — Nu, ich werde Gelegenheit nehmen beym Herzoge
davon

davon zu sprechen! leb' er indeßen wohl Herr Schulze! bey diesem Lebewohl da bleibts: und mit diesem Lebewohl ist auch alles wieder vergeßen; es denkt keiner mit einem Gedanken wieder an uns! auser wenn sie uns Execution zuschicken.

Gergebernt. Keiner! ists möglich keiner sagts dem Herzoge? Ey, ey! die Versprechungen!

Der Schulze. Je nu! sie werden wohl so viel mit dem Herzoge zu reden kommen wie ich — denn da kan man nicht so gleich zulaufen wie hier in die Schenke: wenn man da so gerade zugehen könnte, so wolt' ich auch mit ihm sprechen; lieber mit dem Herzoge als mit seinen Räthen! Er fraget nach allem; er will alles gar genau und aus dem Grunde wißen: ich wolt ihm

ihm aber auch die Wahrheit sagen. Er läßt sich auch nichts vorschwazen, wenn er nicht Gründe vor sich
hat die überführend sind, so glaubt er
nicht so gerade weg. Er hat seine Größe schon gezeigt! Ich bin ihm gut! nicht
alleine gut: sondern ordentlich von ihm
eingenommen bin ich. Er hat das Ar-
chiv des Verstandes im Kopfe: es ist
ein Herr der selber regiert. —

Gergebernt. Werd' ich doch dem
Herzog auf einmal selbst gut ob ich ihn
schon nicht kenne! wenn ihm nur sein
Bier den Nachmittag so gut schmeckt
wie uns Herr Schulze! Ich glaube
wenn er hier auf unserer Kirmse wär
er tränke mit uns wie Kaiser Carl der
Vte mit den Holländern. — Nu, wenn
aber der Herzog so große Eigenschaften
selbst besitzet, was würde ihm da die

Schulze

Schulze noch für Wahrheiten sagen und entdecken können? Heh?

Der Schulze. O ho! ich wolte dem Herzoge doch etwas sagen was er nicht weiß, und nicht wißen kann.

Gergebernt. Verzweifelt! der Mann bildet sich viel auf seine Wißenschaft ein. (bey Seite) Der will kluge Leute noch klüger machen.

Der Schulze. Ja, ja! sag' ich euch Gergebernt; es ist mein Ernst! Wenn man etwas auf die Handlungen und Beschäftigungen der Menschen acht giebt, so siehet man gleich wozu ein jeder geneigt ist; und ob ers mit Vergnügen und zu seiner Lust thut; seine Umstände dadurch zu verbessern, und zugleich der Welt nützlich zu seyn; oder ob ers thut weil er darüber geschworen

dieses

dieses oder jenes zu thun, und weil er
dafür, daß er's thut bezahlt wird. Ich
wolte dem Herzog also sagen daß in seinem Lande Leute sind, die in allen Theilen der Wißenschaften, auch die galanten Wißenschaften nicht ausgenommen,
sich auf eine geschickte Art umgesehen:
mit alle dem Geschicke ausgerüstet, was
zu Eröfnung eines gelehrten Feldzuges
erforderlich ist! Die eben so kühn als
vernünftig sind, solche Entwürfe zu machen, und selbige auszuführen wißen,
die denenjenigen die Waage halten die
der muthige Sohn Philipps aus Mace-
donien gemacht hat. Daß wenn er
auch noch ein Land occupiren sölte, das
nach Verhältnis des Unsern noch so
groß wäre und aus lauter Idioten be-
stünde, er alle Posten, und öffentliche
Bedienungen damit besezen, und verwalten laßen könnte ohne ihnen Ausländer
vor-

vorzuziehen. — Und daß dieses Leute sind
die meistens von den Ihrigen leben;
nicht wirklich in seinen Diensten stehen,
und für ihre patriotischen Gesinnungen
nicht bezahlt werden; und nur deswegen
nicht in Diensten sind, weil sie sich in die
handgreifliche Kunst hohe Patrons zu
verschaffen nicht zu schicken wißen — oder
auch aus Caprice sich nicht dazu schicken
wollen. — Dem allen ohnerachtet sich
doch glücklich schäzen in einem Lande,
unter dem Schuze eines so weisen, so
vernünftigen, so gnädigen Fürsten zu
wohnen. — Wenn auch der Herzog
nicht so neugierig wäre diese Leute kennen zu lernen! so müßt' es doch gewiß
Ihn freuen sich als einem solchen Landes-
vater gebildet zu sehen der nicht aus
Furcht, sondern aus Ueberzeugung seiner
Größe — seiner vernünftigen und hol-

den

den Gedenkungsart verehret und geliebet wird.

> (indem der Schulze anfängt mit sin-
> gen stehen alle die an den Tischen
> sizen auf, treten um ihn und hören
> zu; er stehet auch auf, der Schenk-
> wirth sezt den Stuhl weg)

Wenn mich ein solcher Herzog schüzt
Schlaf ich ganz ohne Sorgen!
Und wenns auch donnert wenns auch blizt
Kommt doch ein heit'rer Morgen!

Und wer nicht diesen Herzog liebt,
Der thut wie ein Halunke.
Der nichts als lauter Tugend übt,
Hält nichts von eiteln Prunke.

Wer wollte nicht sein Guth und Blut
Für diesen Fürsten geben.
Der nichts als Wohl im Lande thut,
Trinkt mit! hoch soll Er leben!

> (hierauf wird ein allgemeines Vivat
> Geschrey und Jauchzen. Die Bau-
> ren, Schöppen und Aeltesten laufen
> nach

nach ihren Trinckgeschirren: der Schulze nimmt den Krug Gerge-bernt ergreift die Schleifkanne)

Alle. Ja das trinken wir alle mit! Vivat er lebe! Juch Haisa Hoch!

Der Schulze. Nü, nu, nur auch nicht gar zu tumultuarisch! sein ehrer-bietig gegen einen solchen Herrn.

Gergebernt. (mit der Schleifkanne) Ich mache dem Herzoge doch die meiste Ehre!

Ein Bauer. (indem er den Huth abzie-het und mit dem Schenkwirthe anstoßt) Pros't Herr Gnaden! Vivat hoch!——

Gergebernt. (der ihn unterbricht) Du tummer Dorf-Teufel! Vivat Herr Durlaucht must du sagen! Nü trinkt! trinkt Kinder! mich durst! (er trinkt aus der Schleifkanne, die übrigen trinken alle mit)

K   **Alle.**

Alle. (nachdem sie getrunken) Vivat der Herzog! unser bester Herzog (sie werfen die Hüthe empor) Vivat hoch! (unter diesen Geschrey gehen die Bauren, auch die Schöppen und Aeltesten ab).

Sechster Auftritt.

Der Schulze. Gergebernt. Pflaster.

Pflaster. Zwey halbe Nößel Brantewein, Gergebernt!

Gergebernt. Gleich! (indem er darnach gehen will) Wohl Viere.

Der Schulze. (ergreift den Stuhl wieder und stellt ihn an vorigen Ort: indem der Schenkwirth mit einer Flasche Brandtwein kommt) Mit Erlaubnis Herr Gergebernt! man darf sich doch bey euch nies verlaßen? Künftig sezt mir den Stuhl ohne meinen Befehl nicht weg! (indem er

er sich sezt) Eine übertriebene Höflichkeit
taugt auch nichts.

Gergebernt.   (bey Seite) Schon
wieder nicht recht! das ist ein verteufelter Mann; der sollte ein großer Herr
seyn (zum Schulzen) Ich glaubte weil
der Herr Schulze aufgestanden wäre,
müßt' ich auch den Stuhl wegziehen.

Der Schulze. Es versteht sich, wenn
man die Gesundheit eines großen Herren trinkt daß man aufstehen muß! aber
es folgt nicht, daß man sich nicht wieder sezen darf! Habt ihr denn niemals
wenn es die Umstände eben erfordert etwas im Stehen gethan — und euch
darauf wieder gesezt?

Gergebernt. (in der einen Hand die
Brandtewein Flasche, und mit der andern die
Kannen wie vorher um den Schulzen mit vie-

            ler

ler Beschäftigung sezet) O ja! genug, genug mal Herr Schulze!

Pflaster. Nu Gergebernt! krieg ich
bald Brandtewein?

Gergebernt. Je da ist er ja schon!
(er sezt die Flasche vor ihn auf den Tisch, und
schäbt ihn auch ein klein Glas hin) Hier!

Der Schulze. Das Bier ist gut,
Meister!

Pflaster. (der sich einschenkt) Nach diesem! Wenn erst der Grund gelegt ist:
alsdenn Bier drauf!

Gergebernt. Wie viel Bier? daß
ich mich darnach richten kann! (tritt darauf hinter den Schulzen)

Pflaster. Ich muß erst noch ins Dorf
zu verbinden gehen: alsdenn bey Tage
drey Kannen, und bey Licht noch viere.
— Was soll ich fragen Herr Schulze!
ists

ists wahr daß wir hier die Frucht-Sper-
re auch haben?

Der Schulze. Wahr — und auch
schon in Form Rechtens publiciert.

Pflaster. Doch wahr? — Nu! was
ist denn alles gesperrt?

Der Schulze. Steckt die Nase dort
ins Mandat und leset selber! — ich
werde es nicht republiciren, und einem
jeden besonders aufwarten.

Pflaster. Und ich brauch' es so sehr
genau nicht zu wißen! denn mich sollt
ihr gewiß nicht über Frucht Ausfahren
ertappen.

Fünf Mandel Korn hab' ich noch im
　　　　　　　　Vorrath!
Sagt an! was mir die Sperre schad't?
Was dresch' ich denn daraus?
Die Rechnung ist bald bedacht! —

　　　　Es

Es geht' all' wieder drauf im Haus,
Wenn ein Schnäpsgen wird gemacht.

Nur mögt' ich wißen Herr Schulze! ob
die Hasel Nüße mit in der Sperre be=
griffen sind? von diesen behalt' ich wohl
nach der Kirmse eine Meze übrig; un=
sere gnädige Frau von Thalbrunnen hat
immer danach fragen laßen: ich verkauf=
te sie aber lieber auswärts!

Der Schulze. Herr Nachbar er
schwazt wie ein Narr! — In soferne
die Nüße unter die Nahrungsmittel ge=
hören, sind sie auch mit unter der Sper=
re: gehören sie aber zur Galanterie oder
zum Zeitvertreib? je, da ist es was an=
ders! diese Sachen sperren sich öfters
von selbst; — das lehrt die gesunde
Vernunft! (für sich) Wie dumm ist nicht
ein Dorfbalbier? — Er thut beßer
Nachbar! er bringt die Nüße der gnä=
digen

digen Frau, da ist er von aller Gefahr!

Pflaster. Und auch von den Nü-
ßen! — Ich will mich drauf beschla-
fen; sag er nur nichts daß ich noch Nüße habe: man red't nicht gerne davon!

Es sperre wer da sperren will!
Früchte hab' ich so nicht gar viel:
Was ich noch itzt verkaufen kann,
Das bring' ich so wohl an den Mann.

Mein Nachbar der da Brant'wein brennt,
Ist auch der Mann der Früchte kennt!
Dieser saget nichts, nichts dazu!
Stör' ich ihn auch gleich in der Ruh;

Bring' ich brav Korn ihm in das Hauß,
Trag' ich Brant'wein genug heraus!
Behalt' ich nur noch etwas Brodt,
Ey! was hab ich für Sorg und Noth?

Bald hät ich über die Sperre gar das
Trinken vergeßen! — Ich muß noch
K 4

was

was vor mich bringen ehe Steffen die
Wache abruft! (er schluckt es voll auf ein
mal) Pu! das ist Wetterzeug! (er schenkt
wieder ein) Auf einem Beine kann man
doch nicht gehen! (er schluckts abermal)
So!

Der Schulze. (der ihm lächelnd zusieht)
Bey der Witterung kann man einen
Schnaps vertragen!

Pflaster. Ja ich zumal! ich habe noch
zu Rennen (er schüttelt an der Flasche)
Wart, warte! (er sezt die Flasche an, und
nachdem er getrunken) Ich muß doch die
volle Zeche bezahlen! (indem er abgehet)
Schreibts an Gergebernt!

Gergebernt. Es ist schon geschehn.

Siebender Auftritt.

Anna. Der Schulze. Gergebernt.

Anna. (kommt zur Thür herein da der
Schulze

Schulze eben trinkt) Nu? das sind die
großen Amtsgeschäfte, deswegen du so
eilig von deinen Kirmsegästen in die
Schenke liefst? (sie betrachtet bey einer
kleinen Pause die Kannen) Muß der Mann
nicht Arbeit haben eh' er die zwey großen Schleifkannen aussauft! (höhnisch)
Auch einen Bedienten hinter sich der
ihn vermuthlich halten muß wenn er
vom Stuhle fallen will? (der Schenkwirth
gehet wie etwas furchtsam und beschämt ab)
Der arme Mann! Ey, die mächtigen
Geschäfte! wenn ich doch einen aus dem
Gefolge des Lucas Krahnach gleich da
hätte ich ließ ihn in dieser Völlkommen-
heit malen. Geh nach Hause! oder der
Schwiegervatter, und alle Kirmse Gäste werden noch fort gehen: dort sizen
sie am Tische sehen einander an und
gähnen.

Der Schulze. Warum trinken sie
<table><tr><td></td><td>K 5</td><td>nicht</td></tr></table>

nicht auch? Es wär' auch eben kein Un=
glück wenn sie fort giengen! Friedens
Schwiegervater muß nur bleiben, das
wäre mir nicht gleichgültig wenn der
gienge: denn so ein ehrlich und zugleich
reiches Mädchen die ihren Bräutigam
so liebet, findet man nicht alle Tage!
sie sind dünne gesäet.

Anna. (heftig) Es ist doch eine Schan=
de! schämenswerth ist es! — er ganz
alleine noch in der Schenke! — Alle
Männer sind nach Hause zu ihren Wei=
bern: der macht noch nicht einmal An=
stalt zum Gehen? — Mittag vom Ti=
sche aufgestanden sich nicht satt gegeßen,
— Amtsgeschäfte vorgewendet — fort
zu die Schenke gelaufen, und nichts ge=
than als gesoffen! — Ist das nicht al=
les mögliche? Heß? Ists nicht so? Heß?

Der Schulze. (gelaßen) Nichts ge=
than

than als gesoffen! — Wenn du da ge=
wesen wärest würdest du wohl die Gu=
sche halten! — Nichts gethan als ge=
red't hab' ich! und von Amtswegen die
dummen Bauren belehrt. — (etwas nach=
denkend) Nu! wart' immer ein bischen:
wenn wieder was vorfällt will ich dich
zum Substitut machen!

Anna. (die Hand hinhaltend) Topp!
ich will so gut ein Schulze seyn wie du.
Doch (indem sie zurücke ziehet) etwas fehlt
mir zu diesem Amte? ich kann nicht so
saufen wie du. (noch heftiger) Ists nicht
wahr? Heh?

Der Schulze. (noch gelaßener) Frau!
komm' nicht in die Boßheit; deine Re=
den gelten nichts! Ich bin so friedfertig
wie ein Theolog; wir haben einen lex
im Codex, — oder in den Novellen —

wo er steht ist gleich viel! der lautet:
Si Vxor in iracundia aliqu :::

Anna. (die ihn mit großen Gelächter unterbricht) Hi hi hi hi! das verdammte
Latein! — wenn er drey Worte geredet,
gleich wird Latein untergemischet; o der
Mischmasch!

Der Schulze. (etwas aufgebracht)
Wenn ein Schulze Latein spricht so lachen die Dummköpfe die Bauern, wie
du auch! und wenn ein Pastor kein Latein mit unter die Predigt mischt, so
sagen die Ochsen wieder: der Pfarr kann
nichts, er predigt kein Latein!

Anna Es ist auch nicht mehr Mode
daß die Priester halb deutsch, und halb
lateinisch predigen!

Der Schulze. (stuzig) Nicht mehr
Mode? — So sind die Predigten auch
der

der Mode unterworfen, wie die Frisir=
ten Köpfe? — So wird ja wohl das
Latein unter den Schulzen auch noch ab=
kommen? — ist das! so geb' ich mein
Amt auf! denn ein Schulze ohne Latein
ist ein Dummkopf! (etwas geschwinde fra=
gend) Wer hat diers gesagt Frau, daß
die Göttin der Mode auch in die Häu=
ser der Geistlichen gedrungen sey? Heh?
— Heh?

Anna. Wie gesagt? — Unser Ma=
gister predigt noch Latein mit unter;
sein Sohn schon nicht!

Der Schulze. (wieder etwas beruhigt)
Der wird nichts gelernt haben? Noch
kein Beweiß! — Vna hirundo non
facit ver! — das heißt Frau! Ein
Narr macht noch keine Mode! — Je
ja! der hat nichts gelernt! zuverläßig
nichts gelernt!

Anna.

Anna. Mehr gelernt wie du!

Der Schulze. (heftig) Frau raisonnire nicht! Ich! — ich nichts gelernt? und wenn ich nur ein viertel Jahr studirt hätte so wolt' ich die ganze Welt regieren!

Anna. So! — hab' ich so einen gelehrten Mann? (scherzhaft) darauf muß ich mir was einbilden!

Duett.
Der Schulze.
Frau sag an! was wilst du hier?
Anna.
Dich will ich seh'n trinken Bier!
Der Schulze.
Anna! hör' ich sage dir:
Lauf' nicht in die Schenk' nach mir!
Anna.
Und dir sag' ich geh' nach Haus,
Sauf nicht alle Kannen aus!

Der

Der Schulze.

Frau bedenke wer du bist?
Ein Weib ein schwach Werkzeug ist;
So bald eine mit uns kriegt,
So bald sie auch unten liegt!

Anna.

Was uns an der Macht gebricht,
Wird durch uns're List verricht!
Weist du nicht das Weiber List,
Ueber Männer List weit ist?

Der Schulze.

Euer Ruhm der ist nicht fein?

Anna.

Die Welt will betrogen seyn!

Der Schulze.

Ja, ihr naschet gar zu gern'!

Anna.

Wir die Aepfel: ihr die Kern!

Beyde.

Ja, ja, ihr seyd naschhaft! alles stehet
euch an;
Durch Weiber List wird öfters betrogen
der Mann!

Ach:

Achter Auftritt.

Die Vorigen. Nickel.

Nickel. (stürmisch! am Huthe Nro. 1.
mit Kreide) Herr Schulze! schaff' er uns
die Musikanten wieder von Boden, oder
wir schmeißen die Kerls mit samt ihrem
Anhange zum Bodenloche heraus. —
Gleich Anstalt gemacht — Gleich! —
nur gleich!

Der Schulze. (steht vom Stühle auf,
seine Frau am Arm nehmend) Siehst du
nun was es hier zu thun giebt? (indem
er sie Nickeln zuführt) Hier mein Substitut soll den Bescheid geben!

Nickel. Alte Schachtel! — (indem
er das Bein aufhebt). Dir geb' ich einen
Tritt! mein Mädchen ist beßer.

Wenn Kirmse ist da lebet man
Dem Prinz dem König nah!

Sieht

Sieht weder Schulz noch Schöppen an,
Sind sie gleich alle da!
Trarra! trarra! trarra!

Wenn Kirmse ist, küßt man sich satt,
Giebt niemand ein gut Wort!
Und macht mich auch ein Mädchen matt
Fünf Tage gehts doch fort!
Haisa! haisa! haisa!

(nachdem er noch einige mal auf
dem Theater hin und her gegangen
gehet er ab)

Der Schulze. Hast du mit ihm ge-
redt Anna? wilst du noch Schulze werden? Heh? — Ich dächte du giengst?
Heh? aber warte nur ein Bißchen, es
wird schon noch beßer kommen! das war
erst Nro. 1.

Neunter Auftritt.

Die Vorigen. Töffel.

Töffel. (in der Thüre, als Nickel heraus
geht)

geht) Haisa Bruder! — lustig! — Ist
der Schulze der Schelm drinnen?

Nickel. (im vorbeygehen) Ja Bruder!
— er ist besoffen!

Töffel. (am Huthe Nro. 2. mit Kreide:
als er herein tritt) Herr Schulze! (indem
er auf ihn zugehet) Himmel und Hölle!
schaff' er die Bierfiedler wieder vom
Boden, oder wir schneiden ihnen die
Saiten vom Baß und henken die Ca-
naillen dran: und ihn dabey!

Der Schulze. (zur Frau) Herr Sub-
stitutus, wieder einer, auf den vorigen
Schlag! und noch etwas schlimmer!
giebts nichts zu thun hier? Heh? —
daß ichs recht sage! giebts nichts als
zu saufen hier? Heh? Antworte doch?
Heh? — (bey Seite) Wird mir doch selber bald angst!

Töffel.

Töffel. (noch heftiger) Mord und Todschlag Herr Schulze! (mit vielen Ungestüm) Krieg ich keine Antwort? keine? — mit! (er pakt ihn an) — mit fort!

Der Schulze. (äuserst bestürzt) Thut — was ihr nicht laßen könnt! (sich aber gleich wieder faßend) Ich bin der Oberschulze! braucht respekt Herr Plazmeister! ich bin auch einmal Plazmeister gewesen, ob ihr aber ein Schulze werden könnet : : :

Töffel. (der den Schulzen unterbricht, und von sich stößt) Hälunke! — ein Schelm soll' ich werden? — Ihr seyd besoffen!

Zwey Tag' hab' ich brav geschwärmt
Bis an hellen Morgen!
Drey Tag' wird noch recht gelärmt
Immer ohne Sorgen!

                     Küßen,

Küßen, Tanzen, Saufen macht
Der Kirmse allzeit Ehre!
Wenn nur immer Tag und Nacht
Kirms und Hochzeit wäre!

(gehet ab)

Zehnter Auftritt.

Der Schulze. Anna.

Der Schulze. (noch ganz bestürzt) Das
sind Donner Kerl die Kirmse Pursche!
war es doch nicht anders als wenn Ju-
piter mit allen Göttern unter Donner
und Blizen von seinem Size des Olymps
herab käme — Bin ich doch ganz auser
mir! — ich dachte wirklich ich henkte
schon an der Baßsaite! — Wenn die
Pursche Brantewein und ein Mädchen
haben so ist die ganze Welt ihre — Ist
man doch mit lauter Bachanten, und
(auf seine Frau weisend) Bachantinnen
mit

mit großen starren Medusen Augen um-
geben.

Mein! lobet nicht die Unruh! und das
             Schwärmen
Dadurch verderbt ein Herz!
Laßt nur dem Hof das Schmausen und
             das Lärmen
Das Großthun: auch den Schmerz.
    Ich trink mir hier
    In Ruh ein Kännchen Bier!
               (er trinkt)

Eilfter Auftritt.

Die Vorigen. Haase.

Haase. Tref ich ihn hier Herr Schulze! ich hab' ihn zu Hause gesucht?

Der Schulze. (nachdem er das Maul
gewischt) Wo trift man einen Schulzen
der sein Amt versteht sonst als in der
Schenke? (ihm die Hand hinreichend)
Willkommen Monsieur Jäger!
       L 3   Haase.

Haase. Mein Herr läßt bitten Herr Schulze! um einen Gefallen!

Der Schulze. Wenns in meinen Vermögen steht? — Ich thu's gerne!

Haase. Der gnädige Herr verlangt auf morgen Lerchen: und mein Herr hat das Haus so voll Kirmse Gäste, daß wir alle nicht mehr wißen wo uns die Köpfe stehen; der Herr kann nicht abkommen; wir, müßen auch alle zur Aufwartung bleiben! und gleichwohl der Befehl ist da, der Herr soll Lerchen schaffen! Er läßt also bitten weil er weiß daß der Herr Schulze ein großer Liebhaber der Jagd ist: und das Lerchenstreichen gut versteht, einmal seine Stelle zu vertreten, und heute Abend mit so viel Leuten als er glaubt nöthig zu haben das Streichen zu veranstalten;

die

die Garn und Winden sind alle in der besten Ordnung auf dem Plaze.

Der Schulze. (für sich) Wozu werd' ich noch gemacht werden? (zur Frau) Anna! wird nichts von mir erfordert? sitz' ich nur hier und saufe? — Kanst du auch lerchenstreichen? Heh?

Anna. Das wird gut gehen! — Nun kommt er die Kirmse über wohl gar nicht ins Haus? — Ich will nun nur gehen und die Gäste trösten!
(geht ab)

Haase. Schlag' er's dem Herrn nicht ab Herr Schulze! er verstehts ja gut!

Der Schulze. Es ist so eine Commission! "Er verstehts ja gut!" — Je das Verstehen wäre ja wohl noch alle gut? — Aber! — Trink er einmal mit mir Monsieur Jäger! (ihm die Kan-

ne

te vorhaltend) ich will mich indeßen be-
sinnen.

Haase. Schlag' ers ja nicht ab! (indem er zugreift) Ich soll recht sehr bitten
Herr Schulze! — Der Herr würde
ganz verlegen seyn —

Der Schulze. Nu, nu! thu' er nur
Bescheid — trink er nur — trink er!
— Ich sage das Verstehen ist alle gut!
— aber — es ist alle Tage gut Stellen, aber — nicht alle Tage gut Fangen! — Wenn ich nun wieder alles
Hoffen und Vermuthen — keine fangen
solte? Heß?

Hase. Nichts dran gelegen Herr
Schulze! — auch gut! — so kann der
gnädige Herr keine eßen!

Der Schulze. Wahr? Kamerad!
— Wahr dieses? —

Haase.

Haase. Wahr! — (indem er auf die Jagdtasche schlägt) bey meinem rauchen Sacke wahr!

Der Schulze. (vergnügt) Nun einmal getrunken Kamerad! (indem Haase trinkt) Je nu! wenn das ist: so will ich dem Herrn Oberförster gerne die Arbeit abnehmen, und mir auflegen; ich weis doch daß er sich nicht gerne weit vom Kanapee verlauft, absonderlich izo da er eine junge Frau hat. (zum Jäger) Er kann sich drauf verlaßen Monsieur Kamerad ich streiche: Sag' er dem Herrn Oberförster, seinen Herrn! ich mache mir eine Ehre draus in seinen Diensten zu stehen.

Haase. Wohl! — sehr wohl Herr Schulze! so soll ich ihm (indem er ihn die Jagdtasche und Flinte überhengt) die Legitimation auf den Buckel geben. —

		Er

Er wirds schon machen Herr Schulze!
leb' er wohl! (indem er abgehen will, kehrt
er geschwinde wieder um) Bald hätt' ich
das Beste noch vergeßen! der Herr hat
noch befohlen Herr Schulze! ihn aufs
Klapperjagen mit zu bitten. Es wird
nun bald loß gehen! wir haben heuer
recht viele Füchse im Holze, nur fehlt
es immer an guten Schüzen. Geh' er
mit Herr Schulze! wir wollen die Füchse zusammen schießen die — Haare sollen davon fliegen!

Der Schulze. Vortreflich Kamerad!
ganz vortreflich ausgedrückt! — davon
bin ich auch ein großer Liebhaber!

Laßt uns jagen! laßt uns schießen!
Laßt uns diese Lust genießen,
    So lang' jeder Pulver hat!
Ist das Pulver denn verschoßen,
Und des jagens Zeit verstoßen,
    Kriegt man auch das Schießen satt.
                        Hier

Hier hör' ich einen klagen,
Dort hör' ich einen sagen:
Ich wollte gern laden, ich wollte gern
                              schießen
Es will nicht mehr gehn!
Ich wollte gern drucken die Luft zu genüßen
Es will mir der Donnerhahn nur nicht
                              mehr stehn!

Haase.

Jagen ist die größte Lust!
Es erfrischet Blut und Brust;
Wenn man das Gewehr steif führt
Wenn der Hahn die Pfann' berührt!
Und man dreiste nur loßdrückt:
So liegt! wenn das Zündkraut blitzt
Das Wild schön ganz wie entzückt,
Wenn ins Haar die Kugel rückt.

(gehet ab)

Zwölf-

Zwölfter Auftritt.

Der Schulze. Steffen in der Folge.

Der Schulze. Aemterchen tragen Käppchen! Ich denke doch auch ein Kirmse Gerichte davon zu tragen? — Steffen Heh! geschwinde.

Steffen. (mit dem Spies, und der Hacke) Was ist zu Befehl (indem er den Huth abnimmt) Herr Schulze? Heh?

Der Schulze. (vergnügt) Geschwinde treibt eine Schaar Jungen und wen ihr haben könnt auf, zum Lerchenstreichen; hier in der Schenke ist der Sammelplatz! Wir haben zwar keinen Zwang zum Lerchenstreichen: doch gebiethet nur bey Strafe! Superflua non nocent! Aus meinem Hause bringt

mir

mir eine Laterne, aber auch ein Licht
dazu; es wird auf den Abend wohl
ziemlich dunkel werden!

Steffen. Sehr wohl — wie Sie
befehlen! mein Herr Schulze!

(gehet ab.)

Dreyzehnter Auftritt.

Der Schulze.

Kunst, Wissenschaft, und Gelehrsamkeit wird doch aller Orten aufge-
sucht! Wer was gelernt hat, wird
gesucht, und von iedermann geehrt und
werth gehalten. Das soll mir ein
rechter Nachmittags-Spaß werden.

Ihr

Ihr Wißenschaften seyd die Schäze
Die ich den Reichthum weit vorseze!
Kein Schicksal macht den Weisen klein,
Gelehrsamkeit kann Potentaten,
Zur grösten Unternehmung rathen:
Laßt Kunst! doch euren Wahlspruch seyn.

								V. A.

Zwey=

Zweyter Aufzug.

Das Theater ein Schenk = Tanz =
Boden; In der Mitte ein Tisch,
da musikalische Instrumente, Schleif-
Kannen, Gläser und Tobacks-
pfeiffen liegen.

Erster Auftritt.

Der Schulze. Die Flinte und Jagdtasche über der Schulter.

Ist es doch ganz leer und Stille hier?
Ich wollte sehen ob die Himmelstür-
mer nun befriediget wären, weil die
Leute mit ihrem Tanze wieder in die
Schenkstube gezogen sind. (indem er nach
dem Tische gehet daran eine große Baßgeige
lehnet)

lehnet) "An eine Baßgeigen Säite!"
(den Kopf schüttelnd) Hab' ich doch mein
Lebtage nichts so gräßliches gehört? —
An eine Baßgeigen Saite! — (indem
er die Saite angreift) Nu, die sind endlich
stark genug! — Ich mögte die Probe
an mir nicht machen laßen! (man hört
von weiten Musik) Ha! da wird nun der
Schwarm der Bachanten wieder eine
rücken! Ja, ja! nun wird Lärm genug werden! (indem die Musik näher
kommt und er nach der Thüre gehet) Ich
muß Plaz machen! (er will zur Thüre hinaus: Nickel und Töffel aber begegnen ihn)

Zweyter Auftritt.

Der Schulze. Nickel. Töffel. Vier
Kirmespursche mit einer Misttrage darf
auf ein Livreer Bedienter sizet einen
Hammel mit Karten gepuzt und sich
habend:

habend: die übrigen Kirmspursche und
Mädchen, gehen hinter der Musik
her; der lezte Pursche trägt
eine Dornwelle.

Nickel. }
Töffel. / zugleich: mit großem Geschrey
und Prügeln in Händen zur Thüre, herein
springend, den Schulzen, der eben fort will
zurücke stoßend) Plaz! — Plaz hier! —
zurücke da! (indem die Uebrigen einziehen)
Hier her — hierher getragen! (immer
den Schulzen auf dem Theater herum treibend).
Zurücke! — zurück da! Plaz gemacht!

Der Schulz. (die Flinte in die Hand
nehmend) Nu! doch nicht gehenkt? Heß?

Töffel. (beschäftiget) Wenn ich Zeit
kriege! — hierher getragen! (die Trage wird vorn aufs Theater niedergesezt)

Der Schulze. (immer bis an das Ende
der Scene furchtsam hinschleichend: und in
dem

M

dem er sich anlehnet) Trau euch der Teu=
fel!

Töffel. (zum Bedienten) Herunter von
der Mähre! (er nimmt den Hammel und
stellt ihn anfs Theater: zum Bedienten) Da
halt Bruder! — Pack an! — Auf=
gespielt ihr Herren!

Dritter Auftritt.
Ein Pantomimisches Ballet.

(Die Tanzenden rupfen während des
Ballets alle Kartenblätter vom Ham=
mel. Nickel, und Töffel schlagen
sie beym Zugreifen auf die Finger.
Wer keine Blätter, so bald sie alle
abgerupft sind vorweisen kann, muß
über die Dornwelle gelegt, von den
Plazmeisters Prügel halten. Ueber=
haupt wird es einem jeden Herrn Bal=
letmeister überlaßen nach eigener Er=
findung die Sache komisch genug aus=
zudrücken.)

Vier=

Vierter Auftritt.

Die Vorigen. Der Schulze. Der sich zwischen den Coulissen verborgen hält.

Nickel. (nachdem das Ballet aus ist) Ist der Mezger bestellt Töffel? Heh?

Töffel. Er wartet schon unter der Linde!

Nickel. So laßt uns loßgehen! wenn der Kerl nicht flink genug schlachten wird, so wollen wir ihn unter die Linde an einen Hämmeldarm hängen! Marsch! (nachdem sie einmal auf dem Theater herum gezogen, und Nickel und Töffel dazu singen, gehen sie ab, wie sie aufgetreten sind)

Beyde.

Recht geschwärmt!
Und am Mädchen sich gewärmt:
So giebt man das Feldgeschrey,
Alle Kirmes Morgen neu!

 Will

Will der Schelm der Schulz' was sagen,
Und uns im Gericht verklagen:
Schlag'n wir ihm die Bein' inzwey!
(gehn ab)

Fünfter Auftritt.

Nickel, und Töffel kommen wieder zurücke. Der Schulze.

Der Schulze. (furchtsam um sich sehend) Nu! das (indem er vorgehen will erblickt er die beyden, drückt sich geschwinde wieder zwischen die Coulissen die Finger aufs Maul legend) St!

Töffel. (der Nickeln den Arm um den Hals geschlungen: sehr vertraut) Bruder! ich mögte gerne dem Schulzen dem alten Halunk dafür daß er uns heute die Bierfiedler über den Hals geschickt hat, eine Klette in Bart sezen!

Nickel. Nu!

Töffel. Ich habe einen Anschlag —
Nickel.

Nickel. Auf den Schulzen?

(während dem Gespräche wird der
Schulze sehr ungedultig: macht ver-
schiedene Minen und Gesichter auf
Töffeln; thut als wolt' er hervor-
springen, ist aber gleich voller
Furcht ganz stille)

Töffel. Ja! Nicht auf ihn selbst:
hör' nur! unsere Vorrathskammer weist
du, ist bald leer! was heut im Dorfe
eingesammelt ist, geht diesen Abend auch
gewiß wieder auf: denn ihr freßet
alle gut! nun ist doch wenigstens noch
drey Tage Kirmse: es will noch, was
seyn! der Schulze hat noch eine Kammer voll alten Speck und Würste; einen Stall voll fette Gänse — Hühner — und die besten Hammel im Dorf-
se! beßer wie der, der da alleweil ge-
schlachtet wird! da könnten wir unser
Magazin anfüllen! Er, und der alte
Schulze von Guckelndorf sind die Mauls-

          leute

leute all' im Hause; denn Friede der ist
bey der Braut schon acht Tage zur
Kirmse, und der Knecht hält mit uns.

Nickel. Aber es heißt es soll diese
Kirmse Verlöbnis mit Frieden werden,
da muß er doch wohl da seyn?

Töffel. Morgen! — Morgen Bruder, wird das Verlöbnis!

Nickel. Und Steffen?

Töffel. Nichts zu bedeuten! den mü-
sten wir besauffen: erst niedersauffen
müßen wir den!

Nickel. Aber wo wißen wir die Stäl-
le? und wo kommen wir in die Kammer zu den Würsten? Heh?

Töffel. Weis ich nicht alle Gelegenheit? kenn' ich nicht alle Schlößer? hab'
ich nicht drey Jahre bey ihm gedienet?
— Wenn

— Wenn der alte Halunke auch kom:
men sollte so schmeißen wir ihm Arm
und Beine inzwey und laßen ihn liegen;
kommt es heraus! so kostet es den Hals
nicht, es sind nur freßende Waaren!
und ist Kirmse.   Sagt doch der alte
Hasen Träger immer Kirms Freyheit
geht durch die ganze Welt. — Verlaß
dich nur auf mich — es geht! —

Nickel. Topp Bruder! (indem er ein:
schlägt) ich halte mit dabey.

(gehen ab)

Sechster Auftritt.
Der Schulze.

Das hätt' ich nicht vermuthet! (indem
er hervor tritt, und furchtsam um sich siehet
ob sie fort sind) allhier eine Verschwö:
rung — das Schlimste! eine Verschwö:
rung gegen mich selbst anzuhören; und
zu entdecken. Was die Kerl frey und

M 4   beherzt

herzt sind? und wie sie mich auf den
Böden herumgejagt? weder das Gewehr noch mein raucher Sack brachte
Ihnen eine Furcht bey; und wenn ich
auch Hörner auf den Kopfe, und die
Keule des Herkules in der Hand gehabt
hätte würden sie sich für mir doch nicht
gefürchtet haben! (ganz bestürzt und verwunderungsvoll den Kopf schüttelnd) Vor-
treflicher Anschlag! Arm und Beine
zu zerschlagen! — gräßliche Verbindung gegen einen Schulzen! — "Arm
und Beine"! — "Topp Bruder"! —
Es gehet mir durch Mark und Blut
das tröstliche Topp Bruder!' — Sehet
doch das Töffelchen an! — "Hab' ich
nicht drey Jahre bey ihm gedienet"? —
Je ja doch! — und drey Jahr' bey
ihm Speck und Würste gestohlen? (mit
einem tiefen Athemzuge) Hab' ich doch die
ganze Zeit meiner Tage so abscheulig
                                        ver-

verwegene Kerl nicht mehr gesehen? —
nichts als Henken und Rädern gehet
ihnen aus dem Munde! So tolle ist
es doch auf keiner Kirmse noch zugegan=
gen! mögt' einen doch lerchenstreichen
und alles vergehen? — Wie fein ist
es doch sag ich nochmals! weil es so
Stille um mich ist? (er sezt sich) Ich
will mich ein bischen zur Ruhe nieder=
lassen! Liegt mirs doch in Arm und
Beinen! (indem er Arm und Beine angreift)
sie sind doch noch ganz! es ist wohl vom
Schrecken und von dem Getöse? — O
wie ruhig! in der Schenckstube kann
auch, seitdem nun wieder getanzt wird,
kein Apfel zur Erde fallen! — Ich will
nur hier bleiben: ehe des Pantheons
verliebte Ritter hier wieder einziehen
werd' ich ja wohl aufs lerchenstreichen
seyn?

M 5

Die

Die Pursche könnens nicht erkennen,
  Wie nützlich ich dem Dorfe bin!
Man hört sie nichts als Menscher nennen!
  Aufs Schwärmen gehet nur ihr Sinn.

Ein Schulzen wie ich so zu kränken
  Der für das Wohl des Dorfes wacht!
Nicht Herz und Sinnen zu ihn lenken,
  Ist Undank! ist barbarsch gedacht!

Siebender Auftritt.

Der Schulze. Und bald darauf
Velten.

Der Schulze. (der sich eben seitwärts
umsiehet) Sieh da! Gevatter Velten;
— Nur herein! — ihr werdet itzt nicht
geschenkt! —

Velten. (noch halb hinter der Scene)
Geschenkt! — (indem er herein tritt) Warum geschenkt? Herr Gevatter!

Der Schulze. Ich bin in kurzen zweymal

mal nah' an der Ehre gewesen, und zwar an eine Baßgeigen Saite!

Velten. (lachend) Im Ernste Herr Gevatter? Ha ha ha! an eine Baßgeigen Saite? — Und wer wollte die Arbeit verrichten? Heh?

Der Schulze. Töffel! — der Nasenweis! —

Velten. Der Plazmeister Töffel?

Der Schulze. (bittet) Ja der — eben der!

Velten. O! der spricht auch immer mehr als er thut!

Der Schulze. Mehr als er thut? — Wieder ein Trost! — so behalt ich auch wohl (bey Seite) meinen Speck und Würste?

Velten. Seine Anschläge zerflattern
so

---

so gut in ein Nichts, wie die unter den
weißen Federhüthen. Es sind so Kerl
die ihre Sachen auf nichts gestellt haben.

Der Schulze. Je ja! die Pursche
treibens! so hab' ich noch keine Kirmse
erlebet! es gehet izt auf dem Dorfe so
tolle zu wie in der Stadt. O tempo-
ra! o mores!

Velten. Herr Gevatter! wie kommt
er zu den vielen Latein?

Der Schulze. Wer? ich?

Velten. Ja er!

Der Schulze. Hab' ich nicht halb
studiert!

Velten. Er! Je wo denn?

Der Schulze. Laßts euch erzehlen
Gevatter! izt sind wir eben allein. Ihr
könnt zwar länger dohren als ich, ihr

wißet

wisset aber meine Jugendstreiche doch nicht so, weil ihr hier nicht gezogen und gebohren seyd!

Velten. Ich weiß nichts!

Der Schulze. Mein Vater hatt' einen Bruder in der Stadt der war Rector bey der Schule.

Velten. Das ist mir noch so!

Der Schulze. Ja! den schickte mein Vater durch mich immer so was von unsren Dorfmaterien: freßende Waaren mit einem Worte! wies bey den vornehmen Leuten in den Städten ist, sie thun gerne groß und haben doch nichts übrig: sie nehmen immer gerne so was in die Küche.

Velten. Das ist bekannt.

Der Schulze. Nun wieder auf meine

ne Historie zu kommen! Dein Vetter
gefiel wenn er mich was fragte daß ich
ihm so entschloßen antworten konnte.
Einsmalen sagt' er zu mir: Märtchen
du hast keinen unrechten Kopf! gefällt
dir denn das Bauer leben? Ich antwortete: ich weis kein beßers! — O,
fuhr er fort: in dir steckt etwas, du
könntest einmal ein großer Mann, ein
lumen mundi werden! Hast du nicht
Lust zum Studiren? Wenn dir die
Bauer Arbeit zu sauer wird so komm
zu mir, dein Vater kann dir was lernen
laßen!

Velten. Das sagte der Man?

Der Schulze. Ja! hört ihrs nicht?
— ich schrieb mirs hinters Ohr, und
dachte das soll er mir nicht umsonst gesagt haben. Ich sah' mich schon im
Geiste als einen Städter in altem
Schlaf-

Schlafrocke und langen Pfeiffe, in ei=
nem artigen aufgepuzten Zimmer auf
und ab Spazieren; und dacht' ich wäre
der Kerl der die ganze Welt die wohl
einmal einer Reformation brauchte, re=
formiren sollte! Aber Velten! da seht
nur wies so wunderlich kam! Wir hat=
ten das Jahr ein bischen eine Naße
Sommer Ernte: da es einmal ein guter
Tag war, da sollte nach meinem Vater
seinem Kopfe, weil er sehr hizig auf die
Feldarbeit war, alles auf einmal auf=
gebunden werden. Ich spaßte bey der
Arbeit ein bischen mit der Magd: das
können die alten Leute so nicht vertra=
gen! da gab er mir unversehens ein
Paar ans Ohr daß ich in die Stopfeln
torkelte! Darauf lief ich stehendes Fu=
ßes zum Vetter; der nahm mich willig
auf, und wieß mir gleich einen Plaz in

der

der Schule an.   Mir gefiel das Leben
vortreflich!

Velten. Aber der Vater!

Der Schulze. Der wollt' anfangs
durchaus nicht drein willigen: und wollte mir keinen Heller zum Studiren
schicken.

Velten. Und er hatt' es doch?

Der Schulze. Er würde ja!

Velten. Manche Väter sind so hart,
und halten das Geld so warm, daß sie,
ehe sie etwas an die Kinder wenden,
selbige lieber Dummköpfe bleiben laßen.
— Nu! er mußte also wieder heim?

Der Schulze. Diesmal doch nicht!
der Vater bracht' es noch so weit, bey
ihm, daß er sich so halb und halb ge-

fallen

fallen ließ. — Und wer war froher als ich! — Ich studirte wie ein Pferd!

Velten. Der Rektor muß Ihm recht gut gewesen seyn?

Der Schulze. Ja! En es war gar kein unrechter Schulmann! Er sagte immer zu uns Schülern: Kinder was ihr thut braucht eure Jugend! lernt was! die Zeit kommt nicht wieder! Ihr werdet es in der Folge noch erst einsehen was Gelehrte für angesehene Leute sind! Hört diese Regel!

Seyd Frey! genießt die feine Jugend
Verlezet aber nie die Tugend!
Wer wird denn größer als ihr seyn?
Erlernet Wissenschaft und Sitten!
Ehrt euren Fürst! Helft wer gelitten!
Könnt ich euch noch was rathen? — Nein!

Wir hatten den Mann alle lieb!

Velten. Das ist selten!

N

Der

Der Schulze. O! Gevatter, wenn ich unter dem Mann seiner Aufsicht geblieben! — (sehr lebhaft) wenn ich studiert! — wenn ich ein Vierteljahr studiert hätte! — (wieder gelaßen) Ich habe zwar so auch keine Noth! — aber beßer wäre doch beßer!

Velten. Nu, warum hat er denn nicht gestudiert? wer war denn Schuld daran?

Der Schulze. Die Verführung! die Mutter des Unglücks! Unser iziger Gerichtsherr ist eigentlich Schuld daran. (wieder sehr lebhaft) Säppermeht! wenn ich wäre geblieben! wenn ich studiert hätte! ich wollte ein Kerl seyn!

Velten. Unser gnädige Herr? wie denn der?

Der Schulze. Ueber Jahr und Tag treib ich's an: ich war ziemlich in die

Höhe gewachsen, und sahe nicht mehr
wie ein Bauer aus; ich wollte mich doch
nun auch im Dorfe zeigen, da zu lag
mir mein Mütterchen noch an, zur
Kirmse zu kommen, denn ich war das
Muttersöhnchen! Was geschah? Ich
hatte an der Kirmse Gelegenheit mit
unsern izigen gnädigen Herrn, damaligen Junker in meinem Alter, in Gesellschaft zu seyn. Es war damals ein wilder roher Herr! wie die Landedelmans
Jungen sind! sie gehen mit den Bauer-
purschen um wie mit ihres gleichen; der
sagte zu mir: Märten, du bist wohl ein
rechter Narr daß du dich mit den Schul-
füchsereyen abgiebst. — Dein Vater hat
Geld! du könntest ein angesehener Mann
im Dorfe werden. Laß diese Närrenpos-
sen bleiben! komm wieder zu uns, nimm
dir ein Frau! — wenn ich an die Re-
gierung komme, sollst du Schulze werden!

— Ich ließ es damals zwar zu einem
Ohre hinein und zum andern hinaus
gehen; Es kam aber noch dazu daß ich
mich in meine Anne, unsers damaligen
Schulzens Tochter verliebte: denn wir
wurden die Kirmse über so bekannt, daß
ich nicht von ihr und sie von mir bleiben konnte. . . . .

Velten. Nun errathe ich den Spaß.
Er . . .

Der Schulze. (der ihn unterbricht) O!
ich gieng wieder in die Schule! — A-
ber was wars? die Mädchen sind Gift
für junge Leute. — Mein Aennchen das
hüpfte mir auf allen Blättern herum,
und verblendete mir, wie ein Irrwisch
die Augen; daß nichts mehr in Kopf
wollte; — daß ichs kurz mache! ich
hatte zu tief in die Camera obscura ge-

gucket, ich muſte nach Hauſe und Hochzeit und Kindtaufe zugleich halten.

Velten. Ha ha ha ha! Das dachte
ich ja!

Der Schulze. Ja, ja Gevatter Velten, ſo gehts! — Der gnädige Herr
hielte ſein Wort redlich! ich wurde
Schulze; ich bin alſo anſtatt eines Lumen mundi, nur ein Lumen pagi geworden.

Velten. Nun weiß ich doch auch was
ein Schulze auf lateiniſch heißt! —
(nach einer kleinen Pauſe, nachdem er ſich
ſeitwärts umſiehet) Ja! Herr Gevatter es
wird ſchon ganz ſpät: es gehet hier ſehr
ſtille und trocken zu; ich dachte noch
recht zu kommen um mit nach dem
Hammel zu laufen, und zu tanzen.

Der Schulze. (indem ſie aufſtehen)
Ihr würdet zum laufen auch ſo gelenk
ſeyn wie ich! — Es iſt ſchon vorbey und
geſchehen. Die Ehre das Schwanen Feder Kißen zu tragen, welches der, ſo zu-
lezt im laufen iſt, tragen muß. Dieſe
hätte können an euch kommen!

Velten. Dieß hat mich eben noch
zurücke gehalten. — Und wer hat den
Hammel erlaufen? Heh?

Der Schulze. Hans Michels Peitſche der hatte die Ehre auf der Miſt-
Trage zu ſizen!

Velten. Peitſche! Der — Jenu-
der hat izt gute Zeit! ſo kann er auch
wohl brav laufen? — Ich habe mich
ſehr über den Purſchen gewundert, ſeit
dem er auf dem Hofe dienet hat er ſich
recht bekannt gemacht — Bald hätt ich
ihn nicht mehr gekennt!

Der

Der Schulze. Ihr habt recht Gevatter! die Livree stehet ihm gut; — er stehet aber auch gut bey der gnädige Frau! izt ist er Vorreuter geworden. — Sie ist eine Liebhabern von Scharf Fahren, und er, versteht ihr Gevatter? kann gut reiten! Heh?

Velten. Nu! eine Ursache muß es wohl haben warum er gut steht? — Ich muß ihn doch auch izo sehn?

(geht ab)

Achter Auftritt.
Der Schulze. Steffen.

Der Schulze. (indem Steffen kommt) Ists richtig? Heh?

Steffen. (indem er den Huth abziehet) Alles nach Befehl!

Der Schulze. (befehlshaberisch) Laßt anmarschiren!

N 4   Steffen!

Steffen. (indem er die Thüre aufmacht)
Vorwärts, Marsch!

Der Schulze. Ein alter Soldat kann
doch der Sache ein Geschicke geben!

Neunter Auftritt.

Die Vorigen.   Etliche Bauern, und
Jungen, auch ein Mädchen.

Der Schulze. (nach einer kurzen Be-
trachtung) Was Teufel Steffen! wozu
das Mädchen? — Ich will doch nicht
hoffen —

Steffen. Wozu? zum Lerchenstreichen! Ich soll' ja alles, was nur treiben kann mitnehmen! — die Mädchen
können doch wohl so gut Lerchen aufsu-
chen und treiben, als die Jungen?

Der Schulze. Können! können!
a posse ad esse non valet Consequen-
tia,

tia, sagt der Lateiner! — Ihr Bauren seyd ihr nicht Dummköpfe und Igno-
ranten! — Nicht so viel Ueberlegung?
— (eifrig) Das Lerchenstreichen ist eine
männliche Handlung und Verrichtung:
Ergo müßen auch lauter Jungen oder
die generis masculini sind dazu genommen werden.

Steffen. Der Krieg ist auch eine
männliche Handlung und Verrichtung,
und laufen doch Menscher genug mit.

Der Schulze. Da ist ja auf einmal
ein Philosophe! — Ihr dummer Teufel!
— wenn der Krieg auch nur ein Nach-
mittags Spielchen, wie das Lerchenstreichen wäre, so bräuchte der Soldat
auch kein Mensch dazu. (zum Mädchen)
Mein Tochter! ich kann dich nicht unter uns nehmen; — es sind im Felde

viele Graben, Waßer Riße und jähe Berge, darüber gesprungen und gestiegen werden muß. Man sagt vielmal diese und iene sey keine Jungfer mehr! es kann seine natürliche Ursachen haben! Wie leichte kann ein junges Mädchen durch einen Fall, Druck, oder harten Stoß schaden leiden: — die Verantwortung mögt ich nicht haben! — Denn da, als Vorsteher des Dorfs alle Handlungen und Beschäftignngen unter meiner Aufsicht geschehen, — zum wenigsten geschehen sollten! so hab' ich auch die Jungferschaften des Dorfs unter mir, und in meinem Schuze; es sind mir mythologisch zu reden! die Jungferschaften gewidmet, wie der Juno die schwangern Weiber: — (hier wird von allen Umstehenden auf dem Theater in die Hände geklatscht; darauf nach einer kurzen Pause.) Soll das applaudirt oder explo-

dir heißen? — Wir thun nicht beßer
wir applaudiren uns selbst! — Doch
es wird mir auch wenig Ehre machen!
— es wird izt gar zu stark Mode, daß
auch so gar Thiere, die auf dem Theater zu thun haben applaudirt werden.
— Diese Ehre wiederfuhr einmal in
einer Operette einem Hunde der zu einer
gewißen Action mit gegenwärtig seyn
muste: der doch aber so unschuldig zu
dem Lobe kam, wie mancher, der durch
das größte Loos aus einer Lotterie zum
Reichthum kömmt. — Gehe du meine
Tochter nur nach Hause! du bist wo anders zu erschaffen. — Und wir! der
Bursche kömmt! wir wollen auch gehen,
damit wir dem gnädigen Herrn den Appetit nicht verderben: (er gehet, wendet
aber kurz wieder um) Doch damit wir
nicht laufen wie das Rindvieh das der
Hirthe zum Thore hinaus treibet so wol-

len wir, um dem Zuge ein Ansehen zu
machen, sein zwey Mann höch ausgehen
(nachdem er sie gestellt) Steffen ihr schließt.
— Geh’ mir keiner aus dem Gliede!
— und haltet den Schritt! (als er gehet)
Marsch!

Lustig Pursche treibt behende,
Alle Lerchen in die Wände!
Haben wir gleich erstlich Noth,
Sie in unser Nez zu locken,
Können wir drauf doch Frolocken:
Drückt nur tod, drückt tod! drückt tod!

Dritter Aufzug.

Das Theater eine Landschafts Ge=
gend: da in perspektivischer Entfer=
nung etliche Wände Lerchen Garn
aufgezogen stehen; auf den Flügeln
hölzerne Winden darauf die
Linien zum Streichen
sind.

Erster Auftritt.

Der Schulze. Die Bauern. Steffen.

Der Schulze. (wie er abgegangen:
marschiert mit seinen Leuten quer über das
Theater nach den Garn sich immer umsehend:
als er dort ist) Halt! — Nun Steffen

an

an die Winde! (indem Steffen abwindet
und er den Jungen die Linie giebt) Da greif
zu! immer brav ausgezogen! — fort!
— gerade zum Felde hinein! — (er
stellt die Jungen) alle 50 Schritte einer
eingetreten! — nun wieder einer! (indem er zur andern Winde gehet) Es gehen
etliche mit mir! (da er auch abwindet zum
Jungen) Pack an — und zieh aus! —
hier tritt du ein! sieh wies jene machen
— macht den Bogen fein! — nicht so
scharf! (da indeßen die ersten Jungen von
beyden Seiten am Ende des Theaters im Bogen zusammen treffen) Bindet die Linie zusammen! — rückt von einander! —
Halt! er gehet um die Jungen von einem
Flügel zum andern, sezet die Laterne ans Ende des Theaters, in vorbeygehend Ihr Bursche aufs Commando gemerkt! lasset die
Lerchen nicht übergehn! — mehrt, brecht
sonst werd' ich mit euch sprechen wie

zur Schulmeister wenn ihr die lection
nicht könnt; (indem er zu Steffen kommt)
Und Steffen ihr windet scharf auf, wenn
eingetrieben wird! — (aus vollem Halse)
Geht an! — (es wird ganz langsam ange-
gangen; er lauft geschäftig um die Jungen)
Haltet den Bogen sein! — auf dem
rechten Flügel zugegangen, — und auf
dem linken halt an! (er ziehet den Lade-
stock aus der Flinte, und indem er bey einem
Bauer kommt giebt er ihm etliche Hiebe)
Du Blaurock! was hab' ich gesagt? —
Heh?

Der Bauer. Herr Schulze hier ist
er nicht in der Schenke: wenn ers bes-
ser kann wie ich, so tret' er her!

Der Schulze. Maulaffe! — willt
du noch raisoniren — (Ihm mit dem La-
destocke drohend) Weißt du wohl wer sich
dem Commando widersetzt — — Höers
                              — nur

—nur scharf zu! — fort! — (Indem einige Vogel in die Höhe fliegen, aus vollem Halse) Halt! halt an! — (wieder gelassen) Wir müßen den Vogel vor dem Zeuge etwas ruhen laßen! — Es liegen viele Lerchen da! — (Sezt euch nur, wir wollen eine Viertelstunde ruhen. — Noch habt ihr eure Sachen ganz gut gemacht! Nun, ruht! — (indem sich die Treiber aufs Theater sezen) So! sezt euch; (indem er in den Schubsack greift und einen Kalender heraus hohlt werden die Jungen etwas unruhig: er sieht sich seitwärts um) Kein Lärm! (er sezet die Brille auf, und nachdem er etwas geblättert) November! (indem er noch einmal obenhinsiehet) Ja, November! — Sonnen Untergang 4 Uhr 47. Minuten: — Wie lange hats im Dorfe 5. geschlagen? Entweder unser Schulmeister, oder der Kalender ist nicht richtig? — Der Schulmeister ist nicht

nicht allemal gar richtig auf dem Flecke
wo der Metzger die Ochsen hinschlägt;
— doch die Gelehrten können auch seh-
len! — Es ist am besten ich richte mich
nach dem Abendsterne! (indem er in die
Höhe sieht die Brille dazu aufhabend) Er
ist da! nun wirds Zeit! — (geschäftig
und aus vollem Halse) Geht an! — Nun
in der Mitte brav zugeschritten! —
Wehrt brav! — Wehrt! — geht doch
zu! — O! es gehn viele Vogel übers
Zeug! Wehrt! — (die Treiber wehren
mit Huth und Händen) scharf angerückt!
Wehrt! — Wehrt! — (immer geschäftig) laßt sie nicht zurücke gehn. —
Wehrt! Noch einmal angerückt Pursche! — So brav! — (er wehrt mit der
Flinte) Wehrt! (indem sie zum Garn kommen) Halt! — Drückt tod! — Drückt
tod! — Von den Garn ihr Jungen
(die sehr geschäftig thun) reißt keine Löcher!

— zurück da! — Stecke mir keiner Ler=
chen ein; hört ihrs! (indem er aus Be=
gierde die Brille abzunehmen vergeßen, sie=
het er an den Wänden hin und her) O! es
siehet ganz windig und erbärmlich in den
Garn aus — da ein Lerchen! — (den
Kopf schüttelnd indem ers anslößt) ich sehe
doch wirklich sonst nichts mehr? (er ge=
het nach der Laterne) Bringt die Lerchen!
(die Bauren und Steffen treten um ihn)
Nu? Lerchen! ich will sie zählen; —
hat keiner Lerchen? — so gebt doch —

Alle. Nein!

Der Schulze. So sind sie bald ge=
zählt! das verlohnt sich wohl der Mühe!
— (indem er das Lerchen aus einer Hand in
die andere schmeißt) Daran wird sich der
gnädige Herr den Magen nun eben nicht
verderben. (den Kopf schüttelnd) Ein Ler=
chen! — nu, es ist doch für den Ap=

petit!

petit! — Steffen zündet die Laterne an!
(man hört einen Schuß) Auch ein Haase
weniger in der Welt! das wird einmal
ein hungriger Bürger aus der Stadt
seyn? — Was die Schnaphahne hier
für Haasen stehlen? denn von unsern
Jägern ist gewiß keiner am Holze; —
Wenn die Kerlgen so hinter den Wild-
dieben wie hinter den Grase Menschen
her wären! — Unser Hauptmann von
der Landmalice hat zwar auch geschärf-
ten Befehl wegen der Wilddieberey fleis-
sig Patrouillen auszuschicken, absonderlich zur Kirmse Zeit: aber der läßt auch
Fünfe gerade seyn! (indem Steffen die Laterne brennend ihm hingiebt) Ihr Steffen!
knüpft die Garne, und windet die Ir-
nien wieder auf: ich will voran gehen!
rückwärts braucht ihr nicht zu schließen;
es ist nicht nöthig bey der Nacht den

Wohlstand so genau zu beobachten. —
Ihr werdet schon nachkommen, und
weiter thun was euer Amt mit sich
bringt. Ihr Pursche geht eure Straße.

　　Ich hab' mir alle Müh' gegeben!
　　　Gnädiger Herr sie glaubens nur?
　　Doch sind die Lerchen noch am Leben,
　　　Ob ich den Tod gleich allen schwur.

　　Doch nur den Appetit zu stillen:
　　　Dazu ist auch ein Lerchen satt!
　　Den Magen gar zu sehr anfüllen:
　　　Das macht nur Faul! das macht nur
　　　　　Matt!

Viet-

Vierter Aufzug.

———————

Das Theater, die Wohnstube in
des Schulzens Hause: über der Thüre ein Pistol; oben an der Wand
eine große Tafel gedeckt, an der Seite noch ein Tisch mit Bierkrügen,
Kuchen, und Branteweinsglä-
sern und Flaschen besezt.

———————

Erster Auftritt.

Melcher. Anna. Käthchen, an dem
kleinem Tische sizend. Der Schulze, in der Folge.

Käthchen. (hört den Schulzen vor der
Thüre lärmen, springt mit dem Andern vom
Tische auf) Der Vater! — Der Vater!
          (indem

(indem er die Thüre aufmachet) Guten A=
bend Vater! — (indem sie etwas erschro=
cken thut) Je!

Der Schulze. (mit der Laterne, und vol=
len Rüstung zur Stube herein tretend: mit
einer vergnügten Mine) Guten Abend! gu=
ten Abend Kinder! (wendet aber gleich
wie geschäftig wieder um) Hui!

Anna. Nun Käthchen! kannst du
nur gleich Anstalt zum Nachteßen ma=
chen, der Magen wird ihm ziemlich
krum hangen! (nach einem kurzen Beden=
ken) Er ist ja wieder davon gelaufen! er
hat doch wohl erst in die Schenke gehen
wollen, und hat sich verirrt, und ist
zum Unglück in sein Haus gekommen?
Ja, ja! Er war ja angethan wie ein
wilder Jäger —

Der Schulze. (mit eben der vergnügten

Mine) Ich dachte weil ihr alle da zusammen in der Stube sizt, unser Speck und
Würste hätten etwa Kirmse Gäste; es
ist eben nicht zu trauen! — aber es ist
doch noch alles richtig! — (indem sie
alle um ihn treten) Ihr werds nicht übel
nehmen Herr College! daß ich euch heute verlaßen müßen: ihr wißt ja wohl
wenn Amtsverrichtungen einfallen —
ihr steckt ja nun auch in den Schuhen!

Melcher. Keilleswedes Herr Vater!
ein Amt ist ein Amt! wir haben uns
hier die Zeit (auf den Tisch weisend) schon
zu vertreiben gewußt!

Der Schulze. Das ist brav!

Anna. (höhnisch) Nu! ich dachte du
wolltest gar in der Schenke schlaffen?

Der Schulze. In der Schenke schlaffen! fängst du wieder an? — Du hast

doch wohl die Commission gehört die
mir der Oberförster in die Schenke sagen ließ? — Ich komme vom Lerchenstreichen! — aber unglücklich! — (da
er ihr die Laterne geben will, wendet sie sich
hurtig um, und beschäftiget sich an der Tafel) Da! —

Käthchen. Vom Lerchenstreichen Vater? das hat uns Steffen gesagt, als
er die Laterne holte; ihr habt mich aber
recht erschreckt mit dem Aufzuge! Warum unglücklich Vater? Heh?

Der Schulze. Unglücklich! — weil
ich gestellt und nichts geschossen habe.
Es war ein Liebesdienst für unsern Oberförster! (indem er auch ihr die Laterne geben will wendet sie sich um nach der Mutter)
Da nimm hin! — Ist Friede mit seiner
Braut noch nicht da?

Melcher. Wir erwarten ihn alle Minuten

guten! (indem er nach der Laterne greift)
Geht mir doch Schwiegervater —

Der Schulze. Durchaus nicht! —
ihr sollt in meinem Hause mir nicht aufwarten! — Käthchen die Laterne! —

Käthchen. (beschäftiget) Gleich Vater! (indem sie nach ihm zugehet, lauft sie
nach der Thüre) Ach Friedchen! Friedchen! und die Schwägerin — Sie kommen! — Mutter! (da sie die Thüre öfnet,
treten sie herein) Guten Abend Friedchen! —

Zweyter Auftritt.

Die Vorigen. Friede. Ursel.

Friede. (da sie alle um ihn treten) Guten Abend! guten Abend! — Warum
so im Harnisch Vater?

Der Schulze. Eben hab' ich Deiner
O 5   gedacht!

gedacht! Ich habe Lerchen gestrichen,
und komme diesen Augenblick wieder. —
Wenn du mir Anstalt hättest machen
können hätten wir auch wohl mehr ge-
fangen (er will ihm auch die Laterne geben,
eben da er sich nach der Mutter wendet die
mit Tischgeräthe kommt). Nim einmal! —

Anna. Nu? endlich! (indem sie sich
umwendet) Guten Abend Tochter Urselchen — Je willkommen! — (die ihr
stillschweigend um den Hals fällt) Ihr habt
ja recht gekirmset?

Friede. Die Schwiegermutter wollt
uns nicht fort laßen!

Der Schulze. (immer noch in voller Rüstung) Nu Jungfer Tochter! wie ist die
Kirmse abgelaufen? (die übrigen scheinen
heimlich und vertraut mit einander zu reden)
sie siehet mir aus als wenn sie sich ganz

über-

überdrüßig an Gans gegeßen hätte?
Heh? — Ich weiß schon wies in diesen
Umständen hergehet! Da ich mit meiner Frau als Braut bey dem Schwieger Eltern zur Kirmse war hatte sie auch
so viele Gans genoßen; es wurd' ihr
immer übel; sie hat geglucket und ge-
spizt; — auf Dreyvierteljahr hat sie
zugebracht — bis endlich der (auf Frieden weisend) zur Welt kam, da ward sie
auf einmal gesund!

Ursel. (mit einer bäurischen Schamhaf-
tigkeit) Wer wird sich sobald an Gans
übereßen? die Gans hat mir recht gut
geschmeckt! — ich eße zu Nacht wieder
mit.

Friedchen hab' ich noch geklagt?
Oder nur ein Wort gesagt;
Daß ich Gans nicht möchte mehr!
Freu' ich mich nicht allzeit sehr

Wenn

— — Wenn die Gans ich stehen seh'?
— — Eß ich nicht? eh' ich aufsteh'!

(sie lauft nach Frieden zu küßt ihn) Gelt
Friedchen!

Der Schulze. Die hat noch was
willens? Frau! ist der Tisch fertig?
der Magen henkt mir ganz schief! — —
Kommt ihr Kinder nehmt mir die Jä-
gerey ab! alsdenn soll der Abend unser
seyn? nun sind wir alle beysammen.
(Sie kommen um ihn herum, nehmen die Flinte, Laterne und Jagdtasche ab; Melcher und
Anna bleiben noch in ihrer geheimen Unter-
redung) So! nun . . .

Käthchen. (die ihn unterbricht) Vater
wollt ihr euch nicht auch ausziehen?

Der Schulze. Nein, mein Tochter!
der Tag ist mir zu groß; zu feyerlich!
den Wohlstand nicht zu beleidigen muß
man die Commodität bey Seite sezen.

Käth-

Kärchen, u. Anna zugleich.)Je Vater!
)Je Märtl!
wir sind ja unser, lauter Freunde!

Der Schulze. Nein, nein! Ein-
mal für allemal hört ihrs nicht! es ist
mir der heutige Tag zu schäzbar; gar
ein lieber Tag! Kinder ich habe die Ge-
wohnheit, wenn ich die Gesundheit unsers besten Herzogs getrunken, und dieses ist heute geschehen, daß ich niemalen eine Schuhschnalle aufmache bis ich
ins Bette gehe: man muß großen Herren den gehörigen Respect erweisen. —
Und überhaupt da wir heute Abend noch
das Verlöbnis unserer Kinder öffentlich
begehen wollen, würde sich um so weniger schicken sich auszuziehen.

Melcher. Ey, Herr Vater! deswegen thue er sich keinen Zwang an!

Der Schulze. Ey, deswegen! des-
we-

wegen! Es gehört sich aber nicht, das
muß ich wißen! Nu ihr Kinder tretet
her (er nimmt Urselchen bey der Hand)
Friede! hier her! — Ihr liebet doch
einander?

Friede.
Ursel.   } zugleich) Ja! herzlich! recht
inbrünstig!

Der Schulze. O, das geht sehr Fix!
— Je nu, wir wißen so alle daß ihr
euch sehr liebet! (zu Melchern) Herr Col=
lege, und nunmehriger Herr Vater, es
geschiehet doch mit euren guten Willen?

Melcher. O ja! mit Freuden!

Der Schulze. Hier mein Sohn
hast du mit meiner Einwilligung deine
liebe Braut, und mit ihr, meinen vä=
terlichen Hausseegen! — wir alle sind
Zeugen von eurer Verbindung (gerührt)
Fah=

Fahret fort einander so zärtlich zu lieben.
Ich habe nicht leicht so eine Liebe gesehen! (lebhaft) und Kinder was ihr thut!
laßt ja die Sonne nicht über euern Zorn
untergehen, wenn einmal : : :

Friede.)
Ursel.) zugleich: fallen dem Schulzen
um den Hals und unterbrechen ihn). Ja
Vater ewig wollen wir uns lieben! so
lange unser Herz schlägt. (so auch Melchern, der Mutter, und Käthchen, wechsels-
weise; sie sind alle im Begrif Thränen zu ver-
gießen). Beste Eltern! die ihr unser
Glück und Ruhe befördert: der Himmel erhalt' euch! : : :

Der Schulze. Daß einen eine solche
Handlung allemal Thränen erpreßt.
Das sind Thränen der Freude! Lebt
glücklich Kinder, und seyd der Trost unsers Alters!

                              Friede.

Friede. (der sie küßt.)

Ich bin Dir ewig! ewig Treu,
Mit jedem Morgen wird sie neu!
Mein Herz ist Dein allein!

Urselchen.

Kein irrdisch Feu'r, kein Schwert das
                                    trennt
Dieß Herz von Dir, das Dir nur brennt,
Und Dein Herz das ist mein.

Friede.   So lebst Du mir?
Urselchen. Ja ich leb' Dir!
                    Und Du lebst mir?
Beyde.   Nur Dir! nur Dir?

Friede.

Was will ich mehr in dieser Welt?
Lieb' ich ein Herz das Treue hält,
Wie ruhig bin ich nicht?

Urselchen.

Kein Schicksaal läßt dieß Liebesband
So löst der Tod neue Hand
Geknüpft: bis mein Herz bricht.

Friede.

Friede.   So lebst Du nur?
Urselchen. Ja Dir! nur Dir!
                    Und Du lebst mir?
Beyde.   Nur Dir! nur Dir!

Der Schulze. Wie gefällt euch das
Herr College? Der Henker wer nur
auch noch jung wäre!

Melcher. Wir haben das Unsrige
genoßen!

Der Schulze. Das wohl! aber ich
möchts doch noch einmal genießen. (es
wird an der Thüre gepocht) Es pocht je=
jemand. Käthchen sieh doch ...

Käthchen. Ja Vater! — ich geh'
schon. (sie geht hinaus)

Dritter Auftritt.
Die Vorigen. Hammer.

Käthchen. Da Vater ist der Schu=
ster!

Der Schulze. (bey Seite) Hm! der
kommt auch gewiß um ein Stück Kirmſe
Kuchen zu bekommen! (laut) Er kömmt
mir heute ungelegen Meiſter! ganz der
Quere. Doch weil er einmal da iſt! —
So muß ich doch für des Henkers Dank
noch vor Schlafgehen einen Schuh ausziehen. (er ſezt ſich bey ſeite auf einen Schem-
mel: Welcher bringt die Pantoffeln er ſtößt
ihn zurücke) Ihr könnt das bleiben laßen
Herr Gaſt! verſteht ihr mich? (er trägt
ſie wieder weg) Dazu ſind andere Leute
im Hauſe. — (indem er ſich wieder ſezt)
Käthgen die Pantofeln! (da ſie Kätchen
ſtillſchweigend bringt) So gehts nach meinem Kopfe! (er will den linken Schuh ausziehen)

Hammer. (der es ſiehet) Den Andern!
den Andern!

Der Schulze. O! es iſt bey mir ein
Bein ſo dicke wie das andere!

Ham-

Hammer. Aber es ist nicht gewöhn-
lich!

Der Schulze. Poßen! heute zieh' ich
den Schuh an den, Morgen an den Fuß.
Nu! wenns seyn muß — (indem er wieder aufspringt) Ey! Meister, seinethal-
ben will ich auch meine Gelübde nicht
brechen; komm er Morgen wieder.

Hammer. (der eben das Maas aus der
Tasche nimmt, und die Brille aufsezt) Je,
ich brauche auch allenfalls gar kein Maas!
ich weis den Leist. — Sollen sie sauber
gemacht werden?

Der Schulze. Er macht sie dem O-
berschulzen hier im Dorfe! hört ers?

Hammer. Sehr wohl!

(gehet ab)

Der Schulze. Anna, sorge doch daß
der Meister ein Stückchen Kuchen kriegt!

P 2   Anna.

Anna. Bekümmre dich nicht!

Der Schulze. Nu, nu! ich erinnere es nur! (indem sich die übrigen in der Stube beschäftigen und ein und ausgehen hört man hinter der Scene Lärm; es wird gesagt:) laßt ihn nicht entspringen! stoßt ihm die Kolbe hinter die Ohren! Huy! da werden noch Amtsgeschäfte vorfallen? Das war ja unsers Hauptmanns Stimme? nu, das geht ja heute einmal! — Vielleicht machen uns unsere Gänse und Hühner noch eine Visite. — Ein artiger Auftritt!

Vierter Auftritt.

Der Schulze. Melcher. Käthchen. Ein Hauptman. Zween Mann vom Land Regiment mit Gewehr. Ein Wilddieb.

Der Schulze. (indem er sich umsieht)

und den Hauptman erblickt) Was Neues
Herr Hauptman?

Der Hauptman. (in einem gebieteri-
schen Tone) Eine Canaille, einen Wilddieb liefre ich ein Herr Schulze!

Der Schulze. (gleichgültig) Wenns
sonst nichts ist? — Du dummer Teufel! hast du dich fangen laßen? Du bist
gewiß noch nicht viel Haasen Stehlen
gewesen? Wenn wir hier viele so Dummköpfe hätten so wäre unser Dorf bald
der grösten Stadt gleich? — Wer selten zum Bade geht der verbrennt sich
leichte. Was deine Kameraden ver-
schuldet haben das wirst du bezahlen
müßen! — Er muß zum Forstamte geliefert werden!

Der Hauptman. Liefere der Herr
Schulze den Gaudieb wohin er will:

                ich

ich hab' ihn nun weit genung! — Er hat uns Mühe - - -

Der Schulze. (aufgebracht) Genug! ich sage, ein Wilddieb muß dem Ober-förster geliefert werden; die Wilddiebe-rey lauft nicht in mein Forum! — Der faule Schlingel kann auch einmal wie-der aufstehen: denn er steckt doch schon in den Federn! — Die Kerlgen wollen ja so das Forstamt unter sich allein' aus-machen. — Können sie doch die Grase-mädchen abstrafen — und Waldbuß-Tage halten, ohne daß sie jemanden aus den Gerichten mit dazu nehmen —

Der Hauptman. Pah! — alter Martkopf! — er hat mich zu commän-diren wenn er will. — Ich werde schon selbst wißen was ich zu thun habe. (zur Folge) links um! Marsch!

Der Schulze. Soldatisch genug!

Der

Der Hauptmann von Trum trum trum
trum!

Der Hauptman. (der sich wieder um=
wendet)

Herr Schulz' komm er mir nicht so
Dumm!

Der Schulze.

Herr Hauptman ich hab' nicht geschimpft,
Sie hat ein großer Herr gemacht,

Der Hauptman.

Sieh! wie der Schelm die Nase rümpft
Und höhnisch mich auslacht!

(gehen ab)

Melcher. Der Hauptmann scheinet
mir kurz gebunden?

Der Schulze. Ein alter Haudegen
mürrisch wies Handwerk! — sonst aber
ehrlich und brav! — Käthchen! hole
du einen frischen Trunk Bier, — nun
soll es wohl schmecken! —

Käthchen. Es ist schon dafür gesorget! (indem sie ihn den Krug giebt) "Hier Vater!

Der Schulze. (indem er zugreift) Hab' ich doch nicht gewußt was mir fehlet! — Käthchen hast du heute brav getanzet? und mit Nachbar Valentin dich lustig gemacht?

Käthchen. Ich getanzt, und lustig gemacht? — Das wär' ein Spaß für mich! von den Bauerkerls mich herum reißen zu laßen. Das geschiehet nicht Vater!

Der Schulze. Daß das Mädchen keinen Kerl leiden kann! — Ich weiß nicht wo du herkommst? — Das ist doch selten! ...

Melcher. Es wird schon noch kommen! Sie siehet nicht aus als wenn sie

in

in der Vestalischen Gesellschaft wäre: es kommt noch.

Der Schulze. Ich denks auch Herr Collega!

Käthchen. Und ich denke, was ich! denke.

Fünfter Auftritt.
Die Vorigen. Steffen.

Der Schulze. (indem Steffen kommt mit dem Kruge in der Hand) Herr Collega! und ihr Kinder! einen kleinen Abtritt genommen; Steffen kommt zum Rapport: es sind Amtsgeschäfte! (indem er den Krug auf den Tisch setzet) Der Tisch kann indeßen vollends besorgt werden! — — — (gehen ab)

Steffen. (das Nachtwächterhorn über den Schultern) Ich habe das Dorf auf und nieder gegangen, und alle Winkel

visitiert: es paßiert nichts Neues Herr
Schulze! — auser im Winkel bey der
Gemeinde Scheuer da flüßterten ihrer
Zween sehr geheim und vertraut miteinander, ich konnt' aber nichts verstehen:
und als ich auf sie zugieng, und sie anrufte so sprungen sie fort und lachten.

Der Schulze. Habt ihr nicht nach-
gesezt? — wo liefen sie hin? und was
warens für Kerl? Heh?

Steffen. Es war nur ein Kerl, und
ein Mensch! — Der Kerl that eh ich
ihn anrufte als wollt' er dem Mädchen
aufhucken, oder an ihr in die Höhe,
und die Gemeinde Scheuer ersteigen.
Ich bin ihnen nachgegangen bis vors
Gelag, da sprungen sie hinein! — hätten sie gehalten, so hätt' ich sie in Ver-
haft genommen. —

Der Schulze. (den Kopf schüttelnd)
Seyd

Seyd ihr nicht ein Steffen! — und
ein dummer Teufel! habt ihr noch kei=
nen Kerl und ein Mensch alleine gese=
hen? — wer wollte so neugierig wie
ein altes Weib seyn! diese Leute muß
man nicht stören! man muß nicht gleich
alles wißen wollen; man erfährt öfters
etwas erst in ¼tel Jahren und ist doch
noch Zeit genug! — Das ist ein Kirm=
se Pursche gewesen; wißt ihr nicht
Kirms=Freyheit gehet durch die ganze
Welt! darüber hättet ihr den Kopf eben
nicht zerbrechen sollen! — die kommen
wohl selber und erzählen, was sie ge=
macht haben, wenn es auch gegen Drey=
viertel Jahr erst geschiehet: und wenn
es auch nicht geschicht, so ist es auch
kein Unglück! — Der Fälle giebt es
ja mehr daß zwey Leute von zweyerley
Geschlechte alleine bey einander sind. —

Sehet

Sehet ihr unsern Magister nicht Mal‒
mal alleine mit einem Mädchen im
Beicht=Stuhle? — Bringt nicht die
Köchin unsern gnädigen Herrn Choko‒
lade oder Koffee ins Zimmer wenn er
allein' ist? — Wer würde sich die wun‒
derlichen Gedanken eines Verdachts ein‒
fallen, oder noch schlimmer! was wür‒
de das für Aufsehens in der Welt ma‒
chen, wenn man diese Leute zusammen
wollte in Arrest nehmen laßen! — den
Zustand wollt' ich sehen! — Das wollt
ich noch sagen Steffen; gehet diese
Nacht nicht weit von meinem Hauß'
und Hofe; — laßt euch nicht mit den
Platzmeistern ein! nicht! — gar nicht!
ich habe heut' ein Vögelchen hören sin‒
gen! — hier haltet an wer zu nahe
kommt.

Steffen. Aber! — wenn aber wie‒
der ein Mensch dabey wäre?

Der

Der Schulze. Auch! — wenn auch! auf meinem Hofe nichts geflüstertes! — Es ist keine Regel ohn' ausnahme; — nehmt sie in Arrest!

Steffen. Es ist Ordre!

(gehet ab)

Der Schulze. Freylich!

Sechster Auftritt.

Der Schulze. Käthchen, mit der Schleifkanne.

Der Schulze. Hab' ich doch das Trinken ganz wieder vergeßen? — wenn man den Kopf so voll hat? — O die Amtsgeschäfte! — Käthchen den Krug!

Käthchen. (indem sie den Krug bringt) Das Eßen wird kalt Vater!

Der Schulze. Nun will ich auch einmal herzhaft trinken.

Käth-

Käthchen. (da er lange im Trinken an-
hält) Vater das Eßen!

Der Schulze. (den Krug in den Arm
nehmend) Der Durst ist doch ein böser
Mann! — wenn ich erst so fünf bis
Sechs Krüge getrunken habe, so soll
er sich doch wohl ein bischen geben!

Ich trinke ein Kännchen, auch Zween und
Drey!
Und rauche ein Pfeiffgen De Velde dabey:
Ich denke nur immer,
Es wird wohl noch schlimmer!
Wenn Junker Friz wieder aus Frankreich
kommt heim!

Käthchen. (mit einem tiefen Athemzuge)
Ach Vater! denkt ihr denn daß es schlimmer würde wenn Junker Fritzchen wieder da wäre? Ich wünsch' ihn alle Tage, und denk' es soll denn erst recht gut
werden! Heh?

Der

Der Schulze. Je nu! beßer wirds gewiß nicht! — (nach einer kurzen Ueberlegung) Mädchen! — wie fällt dir das ein? — kennst du denn den Junker? Heh?

Käthchen. Ich ihn? o Vater! wie vielmal hab' ich ihn gesprochen! — Wie vielmal ist er im Felde zu mir gekommen wenn er auf der Jagd und ich Grasen war; — und da ich dieß Frühjahr die Maulwurfshäufen auf unserer Wiese gezogen hatte, begegnete er mir mit der Kutsche ganz alleine da mußt' ich mich in die Kutsche ihm auf den Schoos sezen bis vor unser Dorf. Es war seines Herzens Freude wenn ich im bloßen Kopfe gieng, und er konnte mir in den Haaren spielen.

Der Schulze. Hm! — hab' ich gedacht du könntest keinen Kerl ansehen? — So

— So, so! es soll ein Junker seyn?
— (etwas nachdenkend, und an den Fingern
zählend) Aprill, da ist er weggegangen?
— nun ist November? — dem Himmel sey Dank! daß das Haarspiel noch
so gut abgegangen ist! der hätte dir
können eine Mähr' in die Haare machen daß du dreyviertel Jahr hättest zu
thun gehabt ehe du sie wieder heraus
gebracht.

Käthchen. Ja mein Vater! den
Junker kann ich leiden, und er mich
auch! es ist ein artiger Herr! der gute
Junker! der liebe Junker! zu ganzen
Stunden hat er bey mir auf der Wiese
im Grase gesessen. —

Romanze.

Als ich auf uns'rer Wiese,
Dein Vieh ein Futter hieb:
Dort wär's wo Bälzers Liese,
Vom Wolf zerfleischet liegt!

Da

Da kam aus dem Eichgrunde,
Der Junker zu mir hin
Mit seinem Hühner-Hunde,
Er hatt's wohl gleich im Sinn!

Denn eh' ichs mir versahe:
Ich hatt' ihn kaum gesehn!
War er mir schon so nahe,
Daß ich nicht konnt entgehn.
Was machst du liebes Mädchen?
Das ist für dich zu viel!
Mein zärtlich schönes Käthchen
Thu' lieber was ich will.

Der Schulze. Nu? was wollt' er
denn thun?

Käthchen. Je, was wird er denn
gethan haben! er spaßte mit mir; hört
nur!

Komm' setz' dich zu mir nieder
So sprach er voller Lust!
Und drückte meine Glieder
An seine warme Brust;

Umarmend: stark von Liebe
Zog er mich zu sich hin:
Und griff aus zartem Triebe
Mir mit der Hand ans Kinn:

Der Schulze. Nu, was wird doch noch aus der Historie werden? — Mädchen, Mädchen! —

Käthchen. Ach, Vater! es war eben ein gar schöner May Abend: die Sonne blinckte noch auf die kaum aufgegangenen Gerstenfelder hinter dem Vorsberge hervor; die Natur that ihre Schazkammer auf und zeigte ihre ganze Schönheit: jeder Keim hatte schon einen Thautropfen wie eine Perl' auf die Spize gespießt, deren Pracht die matten Strahlen der sich neigenden Sonne vergrößerten: das Feld war wie mit Perlen gestickt; Bald sah' ich auf den Junker, bald auf das Perlen Feld, und

bald

bald wieder auf den Junker! er that
ein Gleiches, und immer so fort!

Der Schulze. Je, je, je! wenn das
Ding immer so fort gegangen wäre so
säßt ihr ja noch und Gafft einander an;
Aller progressus in infinitum ist absurd: und das wäre höchst absurd wenn
ein Paar junges Volk von zweyerley
Geschlecht wie Du und der Juncker
Frize, ganze Stunden säßen und einander in der Einsamkeit nur anguckten,
das schwaze Du einen Narren vor! —
War das der Spaß alle? that er denn
sonst nichts mit der Hand? Heh?

Räthchen. O ja!

  Drauf drückte mich o Freude!
  Die weiße Hand wie Schnee,
  So zart wie Sammt und Seide:
  In kühlen Wiesen Klee.
  So sehr auch schrie und lachte

Kam ich nicht in die Höh';
Endlich lall' ich ganz sachte
Ach, Junker! es thut, thu = thu = tht = =
              mir ja Weh!

Der Schulze. (ganz auser sich) Sieh
einmal das Ding an! — Je du weißt
ja so viel als ich? — Wart' ich will
doch einmal sehen ob dir meine Hand
auch wehe thut? (er giebt ihr eine Derbe
ans Ohr).

Käthchen. Au weh! nu?

Der Schulze. Nur? — nur Au weh
nu! — Je warum denn nicht auch: ach
Vater! es thut thu = = thu = = tht = = mir
ja weh! — Heh? des Junkers Hand
muß doch kräftiger gewürkt haben? Heh?
ists nicht wahr? Heh? (er will ihr noch ei=
ne geben) Wirst du mir wieder so steif
auf den Junker gucken! —

Käthchen. (weinend) Hi hi, hi hi
hi hi!   Sie=

Siebender Auftritt.

Anna. Ursel. Melcher. Friede,
kommen neugierig gelaufen:
Die Vorigen.

Anna. Was hast du mit dem Mädchen? Heh?

Der Schulze. Ich habe geglaubt das Mädchen würde noch nicht wißen daß es zweyerley Leute in der Welt giebt: denn sie hat keinen Kerl angesehen! ich nenne von ungefähr unsern Junker Friz; so erzählt mir das Mädchen einen Prozeß her wie sie den Junker, und er sie hätte kennen gelernet, daß mir bald Grün bald Schwarz geworden ist!

Anna. Du hast immer was zu Zecken!   (gehet ab)

Käthchen. Von euch Vater muß ich wohl eine Maulschelle herein nehmen:

und um des Junkers wegen leid' ich hundert Prügel sie sollen mir doch nicht wehe thun.

(während dem Gespräche Careßiren
Friede und Ursel immer und küßen)

Der Schulze. Mädchen! — (zu
Melchern) Ich habe wohl gesehn daß der
Junker im Felde, immer die Nase hoch
wie ein Hühnerhund nach den Grase-
menschern lauft! — ich hätt' aber nicht
geglaubt daß er sich an mein Mädchen
machen würde: sollt' er nicht gegen mich
Respekt haben? — (zu Käthchen) Glaubst
du einfältig Ding denn daß er dich alle-
ne lieb hat? (zu Melchern) Er hat sie alle lieb! — und wer weis warum unser
Schääfer der, vor einem Vierteljahre
Hochzeit und gestern Kindtaufe gegeben,
die Köchin hat nehmen müßen?

Melcher. O, das hat man mehr
Schwieger-Vater! und ist fast auf allen
Ad-

Adlichen Höfen Gebrauch daß die Köchin oder Ausgeberin für ihre treuen
Dienste einen Schääfer oder alten Gut-
scher zur Belohnung kriegen; — dar-
inne sind die Herrschaften mehrentheils
gnädig: sogar richten sie noch oben drauf
die Hochzeit aus! —

Der Schulze. Ey, ey! — groß-
müthig genug! — Welch eine That! —
Käthchen mögtst du nicht auch eine solche Ausgeberin werden? Heß?

　　Spinnen sollt Du Tag und Nacht!
Bis ich Dich an Mann gebracht!
Es könnt' durch Dein Grasen gehn,
Gar was Feines noch entstehn;
Daß vermehrt würd' mein Geschlecht
Ey! das wär mir eben recht!

　　Kommt der Junker denn herein,
Will ich schon zugegen seyn:
Er wird doch beym Henker nicht!
Hier vor meinem Angesicht,

Mit

Mit der Kunst im Schmeicheln gar
Kommen Dir bis in das Haar.

Ist er aber doch so frey:
Gleich werd' ich bey meiner Treu!
Schreyen, Junker haltet ein!
Diese Hand darf da nicht seyn;
Ihres gleichen haben ja, : : :
Höher und frisiert Haar da! —

Melcher. Ehe der Junker wieder
kommt ist Käthchen lange Frau! —

Käthchen. So nothwendig ist mir
das Frau werden eben noch nicht! Ich
will den Junker schon erwarten! — Ob
ich schon nur ein Bauermädchen bin, so
kann ich doch nicht alle Kerl leiden und
ausstehen: sie sind mir nicht alle gleich
viel, und wenn sie auch Haarbeutel ein-
gemacht und Treßenhüthe aufhaben;
ich weis wohl was Feine ist! wenn ich
nicht haben soll was ich will, werde ich

nie-

niemalen Heirathen: niemalen einen an=
sehen! durchaus nicht!

Der Schulze.

Käthchen denke nicht zu hoch!
Bleib' bey Deines gleichen doch!
Sieh nur wie Dein Bruder scherzt,
Wie ihn seine Ursel herzt!
Sollt' Dir das ins Blut nicht gehn?
O, wer nur nicht müßt' zusehn!

Urselchen.

Käthchen liebe nur erst recht!
Bauren find'st Du auch nicht schlecht;
O! ein braver Bauersmann,
Thut auch was ein Junker kann!
Friedchen hat mich so vergnügt
Daß mir's stets im Sinne liegt.

Friede.

Schwester Käthchen gläube mir,
Ja ich kann es schwören Dir!
Bauren haben auch noch Muth:
Walten hat auch Fleisch und Blut;

- Urselchen Dir's frey gesteht,
Wie es unter uns zugeht.

Der Schulze.

Kommt der Junker Dir in Sinn,
Denk' an Nachbar Valentin;
Dieser ist für Dich gemacht!
Den hab' ich Dir zugedacht!
Wenn Du den zum Manne kriegst,
Du gewiß nicht Brache liegst!

Käthchen.

Das wo Valentin drauf denkt,
Ist dem Junker längst geschenkt!
Diesem gönnt's mein ganzes Herz,
Ob mirs gleich bracht' etwas Scherz.
Herzlich haben wir's belacht,
Wenn wir wieder d'ran gedacht!

Der Schulze. Das Mädchen ist ganz
ausgelaßen auf den Junker! Die will
gar von keinen andern Kerl etwas wißen. Je nu! wenn Eine so ein Ritter-
Güthchen von drey oder vier Spann

A 3   Pfer-

Pferden erfreyen könnt' es wäre eben
auch kein Unglück? — Herr College wie
stehts? — Kommt wir wöllen uns auch
etwas für den Schnabel anschaffen! —
Der Tisch stehet doch wohl nicht nur
zur Schau da? — Käthchen ruffe deine
Mutter zum Eßen; — He! Anna!
Frau herein zur Krippe! (indem er nach
dem Tische gehet) Der Tisch muß vor! daß
wir Plaz kriegen. Friede, hieher! —
da hilf mir! (sie tragen den Tisch weiter hervor) Hier soll er stehen! — Nu her! —
ein jeder bringe seinen Schemel mit.

Achter Auftritt.

Die Vorigen. Anna, bringet eine
Schüßel mit Eßen.

Der Schulze. (indem sie sich zu Tische
sezt) Nu, Herr College! ohne Com-
plimenten! sezt euch zu mir; — Ihr
Kin-

Kinder sezt euch! (er nimt sich, und giebt
die Schüßel weiter) Nur zugegriffen! —
laßts euch schmecken! — Ich weis nicht
ob es nach Euren Appetite seyn wird
Herr College! (indem er brav käuet, und
den Bart wischet) mir schmeckts! — (da er
wieder zulangt) Wenn man den Tag über
Motion hat, so gehts doch bey Tische!
(zur Frau) Nu Frau! wills nicht schmecken auf die Careße in der Schenke von
Nickeln? — iß!

Melcher. Es gehet wohl recht lustig
zu in der Schenke? — die Zeit wird einen da wohl nicht lang?

Der Schulze. (der immer fleißig ißt)
Je, nu, wie es unter der tollen Jugend
zugeht! — Frau! du hast ja eine Ehre
in der Schenke genoßen! — erzäl' es
doch!

Anna.

Anna. (da sie alle eßen, und Friede und Urselchen unter vielen Careßiren) Stopf iße das Maul mit Braten! — ist das nicht ein Plaudern! — Wer war denn schuld daran?

Der Schulze. Doch ich nicht? (indem er einschenkt) Wir müßen auch das Trinken nicht vergeßen? — Kommt Herr College! wir wollen auch ein Glaß Wein trinken! (indem er anstößt) Nu Pro'st einmal! trinkt mit ihr, Kinder! — (da er ausgetrunken) Das hat mir gefehlt! nun geht das Eßen, noch beßer! — (indem er Melchern die Schüßel vorhält) Auch hiervon etwas? — nur ohne Weitläuftigkeiten zugelangt — ohne Ceremoniel! — es läßt sich auch eßen! (indem sich Melcher nimt und die Schüßel weiter giebt) Ihr Kinder eßt! — ich sags euch mir schmeckts! (da er wieder einschenkt) Nun auch wieder einmal getrunken (indem er

mit

mit Melchern wieder anstoßt, und die Uebrigen auch mit trinken) Es leben alle junge Bursche bis auf uns! He he he he!

Kåthchen. Von dem Kuchen wird doch der Schwiegervater auch eßen? Heh?

Der Schulze. Das versteht sich! (indem er immer scharf ißt) wir eßen alle davon; — auf der Kirmse wird man ja Kuchen eßen? — Thu die Pförchen von einander, und gieb die Schüßel herum, muß ich denn alles besorgen! — Friede laß die Narrenspoßen, und das Tåndeln mit der Braut itzt bleiben: davon kriegt ihr nichts in Bauch! hörst du! — iß! oder wenn ihr nicht mehr eßt, so erzehlet uns was? — Du bist doch nahe bey der Stadt gewesen, bringst du nichts Neues mit?

Friede.

Friede. Etwas!

Der Schulze. laß doch hören!

Friede. Wir werden künftigen Sonntag eine Danksagung allhier haben: unsere Herzogin ist mit einem Prinz nieder gekommen.

Der Schulze. Wirklich niedergekommen? und gesund — der Prinz wohl?

Friede. So viel als aus einem so hohen Hause bis in die niedrigen Bauerhütten erschallen können; gesund!

Der Schulze. Das freuet mich! — Es ist fürs Land gut! — Nun wirds ja hier auch wieder loß gehn? so lange die Trauer gestanden ist nur ein Mädchen und nicht ein Junge getauft worden. — Wenn das Dorf länger ohne Musik geblieben, so wäre kein Junge mehr gebohren worden! — Unser Magister

giſter hat auch darüber geſeufzet! Man
ſollte nicht glauben was die Muſik für
einen Einfluß in die Actiones der Bauern hat! — In der ganzen Zeit kein einziger Conſiſtorial Fall! — Nu! wills
nicht mehr ſchmecken Herr Vater? —
eßt! — eßt doch! — Ich gebe euch ja
mit guten Exempeln vor; nicht aufs Nö-
thigen gewartet.

Melcher. Ich danke ſehr: ich bin
vollkommen ſatt!

Der Schulze. Nu, ſo kommt Kinder! laßt uns zur Abwechſelung, und
zum Lobe unſers guten Herzogs eins an-
ſtimmen! vielleicht gehts hernach wieder! (indem er einſchenkt) Ich bin recht
vergnügt über die Nachricht! recht zufrieden!

Anna. Ja ich ſinge mit!

Der

Der Schulze. Der mit der
                Frau anstößt.

Grüne, blühe Stamm der Helden
Die den Sachsen Schuz verleihn!

Anna.

Daß noch tausend Jahre melden
Daß SIE Sachsens Götter seyn!

              (sie trinken).

Melcher. der mit Käthchen
                 anstößt.

Zweige über Zweige wachsen,
So ist dieses Land umhüllt!

Käthchen.

Dieses ist der Wunsch der Sachsen!
O! wär' nur mein Wunsch erfüllt.

                 (sie trinken)

Alle Viere.

Lebe hohes Haus in Freuden
Und empfinde niemals Leiden!
Unser Wunsch ist wie das Herz,
Lebe glücklich ohne Schmerz.
           R   Friede.

Friede. Der mit Urselchen
anstoßt.
Der Herzog soll leben: mein Mädchen:
ich Ihr!
Der Herzog dem Lande! mein Mädchen
nur wir!

Urselchen.

Das Fürsten Paar lebe dem Lande alle
hier!
Ich lebe nur Friedchen: und Friedchen
lebt mir!

Chor.

Das Fürsten Paar lebe dem Lande alle
hier!
Ich lebe mein Herzchen! ich lebe nur
Dir!

Der Schulze. Käthchen! der Jun=
ker ist dir gewiß in die Kehle gefahren?
es will mit dir nicht recht fort! — Hol'
uns einmal eine von den versiegelten
Flaschen herauf! (Käthchen gehet ab) Du
ver=

verstehst mich doch? — Ich bin vergnügt Kinder! ich muß den Schwiegervater auch vergnügt machen, und ihm
auch von dem Weine zu versuchen geben!

Melcher. Das bekenn' ich! den nenn'
ich einen Schulzen der zweyerley Wein
im Keller hat! —

Der Schulze. Ich kann's Euch wohl
sagen Herr College! es wirft so viel ab!
ich hab' immer zweyerley Wein; nur
muß man nicht groß Plauderns davon
machen sonst muß ich Trancksteuer geben: das Geld kann ich beßer versaufen!
He he he!

Melcher. So! ist euer Herzog oder
seine Räthe so scharf?

Der Schulze. Der Herzog?— Gut
wie Ihr schon gehört, sehr gnädig! und
seine geheimen Räthe müßen sich nach

Ihm richten — auch gut! — So ein
Herr aber läßt es immer gerne bey dem
Alten: und wie Ers einmal gefunden. —
Es ist auch eine gute Revenü: das bleibt
wohl! — Er ist kein Freund von Neue-
rungen: ich halts auch so! ich bin auch
kein Liebhaber davon. —

Melcher. Aber die Cammer?

Der Schulze. (stotternd) Je, je, je,
ist das eine Frage! Je, die ist von Cammer Schrot und Korn! - - - (indem er
die Flasche gegen das Licht hält) Ja! ich
wollte daß das Mädchen mit dem Wein
käme! (indem er einschenkt) noch einmal gehts wohl; Wenn der Junker hier
wäre, glaubt' ich daß sie - - - -

Friede. (der ihn unterbricht) Unser
Junker ist wieder da Vater!

Der

Der Schulze. Junker Friz ist wieder da? und das sollt' ich nicht wißen?

Friede. Hört Ihrs nicht Vater? ich sags Euch! Ihr könnt euch drauf verlaßen: wir haben ihn heute Hezen gesehn; nicht wahr Urselchen?

Urselchen. Ja Schwieger Vater! er Hezte nicht weit hier vom Dorfe.

Der Schulze. Hm! — Hast du ihn in der Nähe gesehen? wie sieht er izt aus? — Heh?

Friede. Ganz Französch! — das ist: Galant gepuzt, schön frisiert, hager und blaß! — wie die Franzosen die wir Ao 1757. kennen lernten. Er muß aber was rechtes gelernt haben; er hat neue Hunde mit gebracht: so hab' ich mein Lebtage noch keine Heze gesehen! wie der hezen kann!

Der

R 3

Der Schulze. (der begierig auf die Erzählung, den Ellenbogen auf den Tisch stemmet und den Kopf in die Hand legt) Nu laß uns doch was hören ⸗ ⸗ ⸗

Friede. Er ritte einen sehr großen braunen Engländer; nicht weit vom Nonnen Steine da fuhr ein Haase heraus: — Juch de he! de he! damit gieng die Jagd loß! Hez hez! sprengt' er immer neben den Hunden her; der Engländer that als wollt' er sich im Leibe zerreißen, und er hauete noch mit einer mächtigen großen Peitsche, es ist keine auser unsern Huthman seine so groß im Dorfe, immer von einer Seite zur andern auf das arme Thier; mir standen die Haare zu berge; und dachte; wenn der Gaul in ein Hamsterloch tritt und stürzet, so bleibt kein ganz Stückgen am Juncker!

Der

Der Schulze. Wie sind nicht große
Herrn auch selbst bey ihrem Vergnü=
gen den größten Gefahren unterwor=
fen? — Daß ich doch nicht ein Narr
wäre, und unterwürfe mich eines Haa=
fens wegen der Gefahr den Hals zu=
brechen! — Wenn ich einen Haasen
eßen will so schicke ich dem Oberförster
8 groschen: — und er schickt mir auch
wohl so einen wenn er eben — Frie=
den mit auf die Jagd haben will. —
Nu, kriegte denn der Engländer oder
die Hunde den Hasen noch? Héh?

Friede. Es währte Euch nicht lange=
so waren die Hunde dran: der Eine
rahmte den Haasen, und fuhr wie ein
Bliz mit der Schnauze unter ihn warf:
ihn hoch in die Luft empor, im herun=
terfallen schnapte der andere zu und pack=
te ihn in der Mitte: Der Haase schrie.

N 4

gnä=

gnädig, gnädig! aber der Hund schüttelte ihn ein Paar mal derb; legte ihn
auf die Erde und leckte ihn; darauf
kam der Junker dazu: stüzte im vollen
Sprengen seine beyden Arme auf den
Sattel, hob sich in die Höhe, und sprang
mit geraden Füßen herunter, ergrif
den Hasen beym Lauffe, holete sein Mes-
ser aus dem Schubsacke häsete ihn ein,
hieng ihn an die Pistole, pfiff seinen Hunden, sezte wieder auf, und ritte davon.

Melcher. Unser Sohn Friede kann
so Weidemännisch von der Jagd sprechen als wenn er ein gelernter Jäger
wäre?

Der Schulze. O ho! ein gelernter
Jäger! Wofür ließ ich ihn denn alle
Wochen ein Paar mal mit dem Oberförster gehen. Er muß nicht Alleine
einen gelernten Jäger, sondern wohl
man

manchen studierten beschämen! — denn Rechnen und Schreiben hat er aus dem Fundament gelernt. — Das muß wahr seyn daß er nach unsern Magister der Klügste im Dorfe ist; — und wenn er ein bischen studiert hätte so könnt' er alle Tage den besten Forstdienst, figürlich zu reden bekleiden; oder nach unserer Alt deutschen Mundart verwalten.

Melcher. O, gestudiert hätte! — Es haben manche gestudiert und können doch nichts; — Es kommt heutigestages gar nicht mehr drauf an ob einer etwas gelernt hat! wenn er nur Patronen hat, so kriegt er den besten Dienst er mag seinen Nahmen schreiben können oder nicht. — Bey uns will es itzt fast so scheinen: ich weiß nicht wies bey euch ist?

Der Schulze. Ey, so ist es bey uns noch nicht! wer einen Dienst haben will

der muß auch was wißen, — Was
Teufel! da müßen ja eure Aemter erbärmlich bestellt seyn, wenn die Leute
nicht einmal ihren Nahmen schreiben
können?

Melcher. Durchgängig ist es noch
nicht so: wir haben auch noch brave Leute! es reißt nur so unter der Hand ein.
Es ist mir nur neulich gesagt worden
daß ein gestudierter einen beträchtlich
einträglichen Dienst, beym Forstwesen
erhalten, der weniger Geschick hat diesen Posten zu verwalten, als etwa der
Magister hier geschickt ist einen Pflug zurechte zu keulen; — Er soll ein B. für
ein F. sezen, und nicht einmal roth darüber werden: das stell' Er sich vor! er
kann also nicht Orthographice schreiben. —

Der Schulze. Je, je, je! das kann
ja

ja unser Schulmeister und ist ein dummer Teufel! der muß noch dummer seyn? — Das kommt fast auf den Schlag hinaus wie sich ohnlängst ein patriotischdenkender vornehmer Man ausdrückte, als wir auch eben von der schuldigen Pflicht der Diener gegen große Herrn in ihren verschiedenen Posten sprachen: diejenigen Diener sagt' er, die ihrem Amte vorzustehen im Stande sind, und die ihr Brod ehrlich verdienen, verhalten sich zu denen die durch Dummheit ins Amt gekommen, und durch Müßiggang die Dienste verwalten, wie die berufenen Pfarrer zu den verordneten. — Es ist etwas dunkel Herr College! aber mathematisch und also wahr; wer Ohren hat zu hören der höre! — Dem Himmel sey Dank daß Friede Kopf hat! das weiß ich gewiß das giebt einmal ein Schulze aus dem Busche heraus: ja
seht

seht mich nur an wie ihr wollt, das muß
wahr seyn Herr College! eure Tochter
hat einen würdigen Bräutigam.

Melcher. Ja, davon red ich ja eben!
er ist klüger wie mancher gestudierte.

Der Schulze. O, laßet den elenden
Stümper sehn wie er fertig wird den
die spaßende Natur anstatt des Gehirns
Heckerling in den Kopf verliehn, wir
wollen uns darüber nicht betrüben: lieber eins trinken, mich durst! — Aber
wo –––

Neunter Auftritt.
Die Vorigen. Käthchen.

Käthchen. (noch draußen mit großen
Geschrey) O Gemine Mutter! — Mutter, o Gemine! Hi hi, Hi hi, Hi hi!

Der Schulze. Was ist das für eine
Historie?

Käth-

Käthchen. (kommt mit starken Schritten wie halb tod gelaufen: sezt im herein gehn die Flasche aufs Theater, und stürzt sich in ihrer Mutter Arme) Ein Geist! — ein Geist! (indem sie wie ohnmächtig auf der Mutter Schoß lieget saat sie ganz entkräftet; doch daß es die Zuschauer hören können) Zwen Geist = = drey Gei = = =

Alle. (nachdem sie bestürzt aufspringen) Was ists! was fehlt Dir? Käthchen Heh?

Der Schulze. (der aus Bestürzung wäh= rend dieser Ohnmacht die Halskrause auf und nieder zubindet = will Käthchen nach dem Puls greifen indem sie sich auf den Rücken legt und Arm und Beine streckt) Je verflucht Mäd= chen! was machst Du für ein Lager?

Anna. Das Mädchen bleibt! — Käthchen! was ist Dir? Heh? — Mär= ten gieb den Eßigkrug: geschwinde was zu rüchen!

Der

Der Schulze. (äuserst bestürzt ergreift die Schleifkanne) Hier Mutter! nur ⁊⁊⁊

Anna. (die den Arm vorschlägt) Pfuy Märten schäme dich doch! den Eßigkrug hab ich gesagt! — (indem sich Käthchen in etwas zu erhohlen scheint, und sich in die Höhe sezet) Izt erhohlt sie sich wieder! Käthchen besinne Dich! — was ist Dir denn? Heh!

Der Schulze. (der noch beängstiget mit der Schleifkanne da stehet) Was einen die Kinder für Herzklopfen machen! — Mein Seele! ich wuste nicht ob ich ein Junge oder ein Mädchen war! (brummend und den Kopf schüttelnd, indem er die Kanne wieder wegsezet) H — m! — Ein Geist! — das Ding ist bedenklich? Hm! — Hm! (er gehet nach dem Fenster, da sich die andern mit Käthchen beschäftigen) Es ist doch ganz stille draußen?

Fries

Friede. Was ists Vater? warum guckt ihr auf den Hof? Heh?

Der Schulze. Es ist auch so eine Historie.

Friede. Was denn?

Der Schulze. (während dem sich Käthchen wieder erhohlt, und alle heimlich mit ihr reden, die zu erzählen scheinet was ihr begegnet: gehet er wieder nach dem Fenster) Verzweifelt! es könnte doch wohl seyn so Stille es auch ist? (indem er das Fenster aufmachet ruft er aus vollem Halse) Wer da!

Das Echo. Wer da!

Der Schulze. (der vom Fenster nach den Zuschauern lauft) Hab' ichs nicht gesagt daß es nicht richtig ist? (ans Parterre) Sapperment meine Herren herauf und helffen Sie mir! meine Leute haben noch

mit

mit dem Mädchen zu thun, sonst ver-
liehr ich allen meinen Speck und Würste! (indem er wieder nach dem Fenster lauft)
Ich muß noch einmal fragen: — Wer
da! frag ich?

Das Echo. Ich!

Der Schulze. (im Umsehen) O ho!
(er ruft wieder) Was für ein Ich?

Das Echo. Ein Ich!

Der Schulze. (der wieder zum Parterre lauft) Ganz gewiß Wurstdiebe meine
Herren! nur herauf! alleine wag' ich
mich nicht: Sie habens selbst gehöre
wie es meinen Arm und Beinen bey
dieser Historie ergehen soll, — O, Sie
haben auch keine Courage seh' ich wohl!
dem Mädchen würden Sie wohl lieber
helfen wollen, ja! (er lauft wieder nach
dem Fenster) Noch einmal! Ich frag!
wie ihr heißt?   Das

Das Echo. Wie Ihr heißt!

Der Schulze. (zum Zuschauern) Wie ich heiße! — wie ich heiße! — O, ich bin nicht Inkognito hier! — Davon mehrentheils der Grund entweder im Beutel oder gar im Kopfe liegt; — denn der König von Preußen reiset niemalen Inkognito! — (er ruft) Ich bin eine Persona Publica, der Schulze hier im Dorfe: und heiße Martinus Plaudermaul.

Das Echo. Ts Maul!

Der Schulze. Richtig Diebe! das sind Wetterkerl! nun soll ich gar das Maul halten. (er ruft abermals) Und frage was ihr hier macht?

Das Echo. S. ihr hier macht!

Der Schulze. (gehet vom Fenster hörn ans Theater) Ist das eine Frage was ich hier mache? — Je, ich spiele eine komische Oper hier! — Aber nun wirbs Zeit daß ich Ernst brauche! wer Lust hat meinen Speck und Würste verthei-

digen zu helffen der komme! — Friede!
komm mir zu Hülfe Diebe. Diebe!
kommt mir zu Hülfe Friede hab ich ge=
sagt Diebe!

Friede. (der es erst zu hören scheinet, in=
dem er aufspringt) Wo sind denn Diebe?
Vater! Heh?

Der Schulze. (geschäftig) Nur ge=
schwinde heraus: kommt alle mit; sie
haben mir nachgeschrien: draußen auf
dem Hofe sind sie! in den Ställen ::

Friede. Begreift Euch doch Vater!
ein Dieb der stehlen will der wird Euch
nachrufen. — Es ist das Echo auf un=
sern Hofe das ::

Der Schulze. Das Echo! — daß
die Jungen alles beßer als der Vater
wißen wollen! — Du weißt nicht was
ich weiß?

Friede.

Friede. Es kann seyn daß ich so viel noch nicht weiß wie Ihr Vater; ich bin auch so alt noch lange nicht wie Ihr.

Der Schulze. Ich sage: Du weißt die Historie wovon ich rede nicht so wie ich!

Friede. Was denn für eine Histo= rie? Ich : : :

Der Schulze. Hör' nur erst! die Kirmse Pursche, und absonderlich Tüf= fel der Schurke will uns diese Nacht be= stehlen.

Friede. Was will er denn stehlen? Henker! die Kirmse Pursche werden doch nicht : : :

Der Schulze. Schön eine Frage! — Je, was solche Pursche beym Kirmes= fest brauchen? — Freßende Waaren! — Unsern Speck und Würste, Hüh=

ner. Schöpsen, und Gänse wollen sie holen.

Friede. Was für eine alte Frau hat einmal das Geklatsche gemacht?

Der Schulze. (etwas ärgerlich) So bin ich selbst das alte Weib? ich habs selbst in meine Ohren, und zwar hier ins Rechte gehört!

Friede. Wo denn? — Je, so haltet Euch doch nicht so lange in der Vorrede auf! gehet doch her mit heraus; sie können ja sonst erst fertig werden und nun kommen wir. : : :

Der Schulze. Laß Dir doch sagen! — sie wißen ja nicht daß Du wieder da bist; weil ich alleine bin, deswegen sind sie so dreiste.

Friede. Desto beßer! so können wir sie um so eher fangen.

Der

Der Schulze. Je ja! wenns das al=
leine wäre; es ist noch eine Historie da=
bey die ich Dir noch nicht gesagt habe.

Friede. Nu, ists denn noch nicht
alle?

Der Schulze. Eine gräßliche! eine
abscheuliche! eine unerhörte Historie!

Friede. Was denn?

Der Schulze. Sie wollen unsern
Speck, Würste, und Gänse stehlen:
und mir dabey Arm , , ,

Anna. (die auf des Schulzens lezte Re=
den zu hören scheinet, springt eilend vom
Stuhle auf, da sich Käthchen vorher schon
auf einen Stuhl gesezt) Was? bey den
Würsten, und bey der Ganß laß ich
mein Leben! (indem sie nach der Thüre laufft)
Mir nach Friede! geschwinde komm!
(Anna und Friede lauffen ab)

Der

Der Schulze. He! halt Frau! nur ein Wort! hörst Du?

Anna. (draußen) Izt halt' ich nicht; ein Andermal zweymal.

Zehnter Auftritt.

Der Schulze. Käthchen. Melcher. Ursel.

Der Schulze. Nu meinetwegen! wer nicht hören will mag fühlen; — ich will lieber ganze Arme und Beine als alle Gänse und Würste behalten (indem er zu den Uebrigen gehet die am Tische vertraut zu reden scheinen) Nu Käthchen bist Du wieder zu Dir? sag' mir doch was war Dir? Heh?

Käthchen. (bebt für Furcht) Ach Wasser! ich wollte lieber nicht mehr davon reden; ich fürchte mich noch für dem
Ge-

Gespenste wenn ich dran gedenke: das häßliche Thier!

Der Schulze. Ja, ja! ein Gespenst!

Käthchen. Ja Vater! gewiß ein Gespenst.

Der Schulze. Je ja doch! wers nur glaubt. — Nu erzähl einmal die Historie!

Käthchen. (zitternd) Als ich aus dem Keller gieng war es Euch nicht anders als ritte unser Junker, und sein Hans Michel hinter ihm her; vor unsern Küchfenster vorüber. Es schlug mir aufs Herz Vater! denn ich hörte ordentlich seine Stimme. Trap, trap! Hurtsch war er weg! und zur Hintergaße hinein. Ich wollt' ihm doch ein Eckchen nachsehn: Fix sprang ich nach der Hintertbür: aber fort war er! es regte sich

was auf unsern Hofe das machte mir
schon etwas Furcht; darauf lief ich geschwinde wieder nach der Hausthüre!
da kam unserer Bodentreppe herunter
mir ein gräßlich schwarzer Mann entge-
gen, mit einem abscheulich schwarzen
Barte! mit Feuer-Augen! mit = = = ach
Vater! ich = = = ich fürchte mich! Pu!

Der Schulze. Nu, nu! werde nur
nicht noch einmal andächtig?

Käthchen. Ach nein! nun ists vor-
ben.

Der Schulze. Nu; weiter!

Käthchen. Es war Euch nicht an,
lieber Vater! als wär' es das abscheuliche
Gespenst von dem mir die Mutter so
viel erzählt hatt — ach; ich weiß selbst
nicht mehr was ich alles gesehen — was
Wenn

Wenn ich schwören sollte so hätt' es eine große dicke Wurst in der Hand und

s s s

Der Schulze. (der sie unterbricht) Nu, das war eben die Historie die ich wißen wollte! Anna wird uns schon die Erklärung machen; s s s so gehts wenn man nach allem gucket! — Mädchen! hab' ich Dir nicht gesagt Du sollst mir nicht so steife Gedanken auf den Junker haben? Heh? —

Käthchen. Je, geht doch Vater! was kann der Junker dazu daß mir ein Geist begegnet ist?

Der Schulze. Dazu kann er eben nicht! daran sind die Mütterchen selbst schuld: die wollen dem Töchterchen immer einen Zeitvertreib beym Spinnrocken machen; da muß was erzählt seyn;

und

und mehrentheils sind es solche Mord-
geschichte vor alten Hexen, Irrwischen,
Kobolt, und Gespenstern! Da kann sich
die Alte so was rechtes drauf zu gute
thun, wenn sie die Historie mit solcher
Vertraulichkeit herschwäzet daß dem
Töchterchen bald Heiß, bald Kalt wird,
und bald grinzet, bald wieder lachet:
wenn nun die Historie gar zu krause wird,
so fängt sich das Töchterchen gar an zu
fürchten: und wenn sie denn auf den
Abend nur vor die Stubenthüre gehen
muß, so kriegt sie gleich Erscheinungen!
nun kommt die Einbildungskraft dazu
und giebt dem Geiste wenigstens eine
Blutwurst in die Hand: denn fällt das
furchtsame Ding gleich auf den Rücken
streckt alle Viere! und zappelt: damit
hat das Lied ein Ende. — Deine Mutter wird uns schon vollends die Ausle-
gung von der Historie machen. — Ich
weiß

weiß auch nicht wo sie bleibt: es steht
gewiß windig in der Wurstkammer aus?
oder sie wendet erst alle Würste um, und
siehet ob die Fledermäuse eine ausgefres-
sen haben.

Das Weibsvolk lärmt immer im Haus'
Zu der Thür' herein zur andern heraus!
Bald machts die Magd nicht recht:
Bald kanns nicht recht der Knecht
Sie haben verzweifelte Grillen
Der Henker mag all' ihre Wünsche erfüllen!

Und wenn vollends häußliche Verrichtungen mit einfallen? Hanns Adam in
der Backsgaße sagt immer: wenn die
Weiber Brauen, Waschen, und Ba-
cken so haben sie den Teufel in Nacken!

Da hört man das und das Gericht!
Sieht dies Gesicht und das Gesicht!
Und dann ists erst ein Spaß
Bey so ein'n Rabennaß!

Wenn nicht will gerathen die Butter
So ist der Teufel loß und seine Großmutter!

Räbchen. (zupft den Schulzen) Je
Vater! schämt Euch doch: schwazt nicht
so, und schmäht auf die Weiber; wenns
die Herrn da auf dem Parterre hören
so nimmt Euch keiner eine Frau!

Der Schulze. Possen! es hat sich
wohl! die Herren wissens lange! wenn
man ihnen noch so viel vor Pfeift so kehrt
sich doch keiner dran; sie Heirathen dennoch; — Ha! Anna

Eilfter Auftritt.

Die Vorigen. Anna. Friede.

Anna. (schimpft und lärmt schon draus-
sen; macht die Thüre mit Ungestüm auf;
kommt stürmend und ganz außer sich gelassen)
Ach Märten das Unglück! das Unglück!

Mär-

Märten! — die Wurstkammer ist erbrochen! — das Unglück! — Vier der
größten Magen sind fort: — sie sind
gestohlen! — und noch eine schöne
schlanke Blutwurst von den heurigen!
und aus dem Stalle ist die fetteste Gans
auch weg! man sieht Dir gar keine Spur
wo die Diebe in die Kammer und in den
Stall gekommen, und wo sie hin sind.
(Sie scheinet leise mit den Uebrigen zu reden)

Der Schulze. (der über den ersten Anblick der Frau ganz betäubt zu seyn scheinet
knöpfet aus Verwirrung den Brustlatz auf
und wieder zu: wird aber in der Folge wieder
ganz gesetzt) Wo sie hingekommen sind,
das weiß ich wohl; es wird Dir aber
nicht viel helffen wenn Du's auch weißt!
— Und sonst ist nichts weg?

Friede. (der ganz gelaßen hinter der Mutter hergekommen: lächelnd) Sonst gar nichts
Vater! Ihr werdt wohl recht haben.
Der

Der Schulze. (bey Seite zu Frieden)
Nicht wahr wie ich gesagt habe? (laut)
Dacht' ich doch die Kuh mit samt dem
Kalbe wär' aus dem Stalle! o, wenns
sonst nichts ist? so hab' ich einen sehr
klugen Streich gemacht daß ich nicht hinaus gegangen bin!

Anna. (die wieder auf den Schulzen zu
gehet) Ist Dirs noch nicht genug?
die schönen Würste! ich habe nicht ge-
trauet ein Stückgen davon zu eßen! nun
sind sie fort! und die Gans (sie wirft die
Müze aufs Theater) die prächtige Gans
die ...

Der Schulze. Je verflucht Frau!
werde nur nicht gar närrisch, um die
Gans?

Anna. Ja die Gans will ich wieder
haben es koste ...

Der Schulze. Nu, nu gieb Dich
nur

nur zufrieden ich will Dir, schon eine andere schaffen. (zu Melchern) Herr College laßt Euch nicht aus der Faßung bringen! komm Frau! laß die Wurst Historie aus dem Kopfe; nehmt Plaz ihr
Kinder! sezt euch nieder! weil der Dieb-
stahl noch so gut abgelaufen ist, so wolten wir desto lustiger seyn. (indem sie alle
sizen) Nun soll der Kirmsekuchen erst
noch gut schmecken! (er nimmt Kuchen und
giebt die Schüßel fort) Da Friede nimm
Dir, und giebs weiter. langt zu Kinder! (mit vollem Munde) Der Kuchen
ist vortreflich gebacken! dazu soll ein
Glas Wein wohl nicht unrecht schmecken? (indem er das Glas ergreift) Ey
trinkt! trinkt Kinder? der Wein wird
sich über und über verraucht haben? —
Schade. Ha Frau! schmeckt Dirs nicht?
So trinke wenigstens mit auf den Schrecken; (sie stoßen mit den Gläsern zusammen:

nachdem sie getrunken) — Juch he Kirmse! schreien die Pursche.

Anna. Dir geht kein Verlust zu
Herzen. Ich glaube - - -

Der Schulze. (lustig) O ho, Mutter! um eine Gans laß ich mir auch noch
nicht die Beine inzwey schlagen. — Daß
die Weiber so hizig auf die Würste und
Gänse sind? Ich will Dir ja eine andere geben, sag ich Dir!

Anna. Die Du mir geben wirst die
kenn' ich: damit könnte man schon Ehre einlegen!

Der Schulze. Possen! ich wüßte
nicht, wie man eine beßere haben könnte. — Käthchen wo hast Du die Bouteille gelaßen? hat sie etwa der Geist
auch mitgenommen? Heh? (Käthchen ker-

het

het auf) Jungfer Tochter! sie ist bey der Historie sehr gelaßen gewesen? das ist brav! dafür will ich ihr auch eine feine Gesundheit zutrinken —

Anna. Pfuy Märten! schwaz nur nicht zu Teutsch bey dem jungen Volke! — Ich weiß Deine Gesundheiten schon. — Deine Zoten! : : :

Der Schulze. Ja Frau! es hat sich schwazens die wißen alle wo Barthel Most feil hat. — Es soll nichts aus der Zotologie seyn!

Käthchen. (nach einigen Suchen mit der Bouteille) Hier Vater! ich habe sie gelüftet!

Der Schulze. Recht wohl meine Tochter! — Nun Herr College! (indem er einschenkt). aus einem frischen Faße!

T   — Wir

— Wir wollen noch eins trinken; —
laßt uns auch einmal loß gehn weils
Kirmse und wieder Musik ist! — so
jung kommen wir doch nicht wieder zusammen! — Wenn wir aber nicht mehr
eßen? so laßt uns aufstehen! es kommt
sonst gar zu Hofmäßig heraus; wir können die Arbeit auch stehend verrichten!
— Der Lateiner sagt: post coenam
stabis! (da sie alle aufstehen) Friede und
Käthchen! ziehet den Tisch ein bischen
weg damit wir Plaz kriegen: aber laßt
alles darauf, wenn etwa jemand wieder
Appetit kriegte; — die Gläser brauchen
wir so! (sie ziehen den Tisch etwas weg)
So, so! schon gut! — Nun ergreift
Gewehr! (sie greifen alle nach den Gläsern)
Kinder! wir wollen nochmals, aber
recht förmlich unsers besten Herzogs,
und unsere Gesundheit trinken; und eins
dazu singen. (Indem sie alle anstoßen, und

er die Bouteille in Arm nimmt) Singt mit
Herr College!

　　Es soll unser Herzog leben!
　　Wenn wir Ihm die Steuern geben
　　Ist Er gütig und gelind!

　　　　(da sie wieder mit den Gläsern
　　　　anstoßen)

　　Auch wir Kirmse Pursche leben!
　　Daß wir mögen Kirmse geben
　　Unsern Kindes Kindern Kind.

Der Schulze. Tusch! (sie trinken alle)
Geschwinde noch einmal so! (indem er
wieder einschenkt) Der Henker das geht!
(indem er sein Pistol holt) Damit wir aber
auch recht laß schwärmen und dem Herzoge Ehre machen, so wollen wir auf
gut Soldatisch auch zu dieser Gesundheit schießen. (sehr lebhaft) Juch he! lustig! wir wollen singen, trinken, und
schießen bis an den Morgen. Anna! Ihr

Kinder! Poß stern! wenn man die Ge=
sundheit eines so großen und gnädigen
Fürsten trinkt muß man munter seyn!
singt alle mit! hört ihrs? (indem sie ei=
ne Verbeugung machen und er schießt)

Alle.

Hoch! soll unser Herzog leben:
Alle sind wir Ihm ergeben,
Er ist gnädig und uns hold!
Daß Er noch in Nestors Jahren,
Reiten brav! und scharf kann fahren;
Das ist was ich wünschen sollt!

Ende des Stücks.

Da sich der Verfaßer, der zu entfernt
von dem Orte des Druckes lebet anfäng-
lich zu sehr auf den Corrector verlaßen,
so sind verschiedene Druckfehler einge-
schlichen; Man ändere die beträchtlich-
sten folgender Gestalt.

S. Zeile.
34.   8. statt Fleckerweise: Fleckenweise.
39.   6.   ,   besondern: besonneten.
45.   8.   ,   fest: fast.
50.   9.   ,   den: dem.
54. 14.   ,   bleiben: blieben.
67.   9.   ,   dem: den.
69.   4.   ,   aber: eben.
81. 21.   ,   sich Zäumen und auflegen: sich
                Zäume auflegen.
97. 11.   ,   biberant: biberunt.
104.   9.   ,   laß er: laßen.
116. 10.   ,   von Schulzen laßen fragen:
                vom Schulzen laßen fangen.
Daselbst 11.   , Verlang: Verlangen!
224. 14.   ,   läßt: löst.